BBC

DOCTOR WHO

The Stone Rose

石中女神

（英）杰奎琳·雷纳／著
吕灵芝／译

新 星 出 版 社 NEW STAR PRESS

DOCTOR WHO: The Stone Rose by Jacqueline Rayner

First published as Doctor Who: The Stone Rose by BBC Books, an imprint of Ebury, Ebury Publishing is part of the Penguin Random House group of companies. Doctor Who is a BBC Wales production for BBC One. Executive producers, Steven Moffat and Brian Minchin. BBC, DOCTOR WHO and TARDIS (word marks, logos and devices) are trademarks of the British Broadcast Corporation and are used under licence.
This edition arranged with Ebury Publishing
through Big Apple Agency, Inc., Labuan, Malaysia.

The Cover is produced by Woodland Books Ltd.
著作权合同登记图字：01-2018-7129

图书在版编目（CIP）数据

石中女神 / (英) 杰奎琳 · 雷纳著；吕灵芝译．—北京：新星出版社，2018.11

ISBN 978-7-5133-3249-1

Ⅰ．①石… Ⅱ．①杰… ②吕… Ⅲ．①科学幻想小说－英国－现代 Ⅳ．① I561.45

中国版本图书馆 CIP 数据核字 (2018)第 230813 号

石中女神

（英）杰奎琳 · 雷纳 著；吕灵芝 译

责任编辑： 汪 欣
特约编辑： 姚 雪 余曦赟
责任印制： 李珊珊
装帧设计： 付 莉

出版发行： 新星出版社
出 版 人： 马汝军
社　　址： 北京市西城区车公庄大街丙 3 号楼100044
网　　址： www.newstarpress.com
电　　话： 010-88310888
传　　真： 010-65270449
法律顾问： 北京市岳成律师事务所

读者服务： 010-88310811 service@newstarpress.com
邮购地址： 北京市西城区车公庄大街丙 3 号楼100044

印　　刷： 北京捷迅佳彩印刷有限公司
开　　本： 910mm × 1230mm 1/32
印　　张： 7.75
字　　数： 100千字
版　　次： 2018年11月第一版 2018年11月第一次印刷
书　　号： ISBN 978-7-5133-3249-1
定　　价： 36.00元

作者的话

《神秘博士》“新系列历险”的第一辑小说，分别由斯蒂夫·科尔、贾斯廷·理查兹和我来创作。当时，尚未迎来第九任博士的银屏首秀，我们却要开始为他写小说了，那自然是一项十分艰巨的工作。记得那辑小说写完后，我们其中一人便感叹道：“至少很长一段时间内，都不用再干这种事了。”哈！没想到这三本书尚未面世，我们就获悉了克里斯托弗·埃克莱斯顿要离开剧组的消息。于是在2005年，我们又开始埋头钻研大卫·田纳特过往的作品（对此我丝毫不觉得艰苦），并尝试用文字描绘这位我们还不甚了解的博士（同年十一月的《儿童慈善组织特别篇》[1]真是帮了大忙）。不过话说回来，至少我们了解罗丝啊！（我爱罗丝。）

当时，《神秘博士》小说都以三本一套的形式制作：分别设定在过去、现在和未来。第九任博士最初的小说，我负责的是“现

1. 七分钟迷你剧集，首播于2005年11月18日，即第九任博士告别集《抉择》之后，第十任博士正式首秀《圣诞入侵》之前，讲述了第十任博士刚刚完成重生后的故事。

在”的部分。不过这回，我讲述的是“过去”的故事，或者更准确地说，是虚构的历史故事。由于我在大学学了三年的罗马历史，于是这次便决定将自己荒废的学业捡起来，将故事设定于那一时期。

于我而言，《石中女神》是一部不同寻常的作品，因为我将一些对自己有着特殊影响的细节也融入其中。（通常，每当有人问我灵感从何而来，我总是无从回答，因为确实不知道它们怎么就迸出来了！）小时候，我常到图书馆借阅一本短篇故事集，其中有一则故事，讲述了一位住在丛林里的小女孩，她有许多的动物伙伴。有一天，丛林巫师宣称，他家里需要一件物品（比如扇子），随后便邀请鹦鹉去家里喝茶。第二天，大家到处都找不到鹦鹉的身影，而巫师家的墙上却多了一把漂亮的羽扇。故事结尾，巫师说他想要一只黑色的高脚凳，便邀请女孩去喝茶，但她十分聪明，交换了两人的茶杯，把坏巫师变成了一只（又大又白的）高脚凳。后来，我再也没能找到那本书——这也并不奇怪，因为我只记得它有个粉红色的封面，却怎么也想不起它的名字了。若你在搜索引擎中输入关键词“黑色高脚凳”和“鹦鹉”，只会找到许多令人不快的有关鸟类疾病的信息。尽管如此，那则故事还是一直留在了我的记忆中，不仅因为故事中的坏人想要杀死自己的同胞，也因为他还要将其变成一件物品，这可真是罪大恶极了。（多萝西·L.塞耶斯[1]的《铜指

1. 1893–1957，英国女作家、诗人，擅长创作犯罪小说。

男人》中，也有将活人变为画作的情节，让我读得脊背发凉。）这就是本书中乌尔苏斯这个角色骇人能力的由来了。

然后是灯神精灵。这个创意来自另一个在我记忆中阴魂不散的短篇故事，不过这个故事更加出名——是W.W.雅各布斯[1]的《猿之手》。可能有人不太熟悉这个故事，且容我介绍一下：一对夫妻得到了一只猿猴之手，是一件可以实现三个愿望的宝物。他们的第一个愿望是得到一大笔钱——许过愿后，他们的独子死了，于是夫妻收到了一笔跟许愿金额相同的赔偿金。后来，妻子想用猿之手让儿子起死回生，可丈夫并不同意——因为孩子已经死了整整十天，而那场事故还让男孩的身体残缺不全。然而，丈夫最终还是妥协了。那天晚上，不知什么东西在外面敲起了门，丈夫用掉了最后一个愿望，在那东西出现之前，许愿让它消失……这是一则很简单的故事，但却非常吓人。如果你当真了，就会觉得愿望确实极为可怕。事实上，我不得不刻意去控制罗丝在《石中女神》里许下的愿望，以免此书彻底沦为恐怖故事，而不再适合青少年读者。

关于此书，我还能再说些什么呢？我的视觉记忆非常差劲，也特别讨厌凭空描绘虚构的地点。所以，要避开这一点，有个办法就是以真实存在的地点为参考。在这本小说中，我直接更进一步，将故事的某些场景放在了真实存在的地点——大英博物馆。于是有一

1. 1863–1943，英国小说作家。

天，我就去了大英博物馆，把自己看见的所有东西都写了下来。书中博物馆与现实的唯一不同之处，就是罗丝的雕像了。但我选好了放置雕像的位置——就在两座确实存在于那里的雕像中间。后来，一些读者写信告诉我，他们专程去博物馆找到了罗丝雕像安放的位置，这让我感到格外开心。

哦，说说读者来信吧！小时候，我只认识一名女性《神秘博士》粉丝，等上大学后，就基本上没再遇见更多的女粉丝了。当我终于有幸走进《神秘博士》的粉丝圈，这才又认识了一些同好。虽然圈内有一定的女性，但我们依旧是少数派。后来，新版剧集开播了。突然间，许多女孩都爱上了它。《石中女神》出版后，我收到的粉丝来信便是有力的证据——有百分之九十的来信都出自女孩之手，而这当中又有百分之九十的人，谈到了故事中一个极其微小的细节——博士真的吻了罗丝。哦，那可能只是出于“生命的喜悦”吧，但也确实是个不折不扣的“吻”啊。讨厌这一细节的人可能也很多，只是没有写信告诉我罢了。不过，发现这批新观众的爱好，也是件十分有趣的事情。意识到这点后，我曾提议由此进一步铺开，还策划了一整个历险系列（逗你玩儿呢。），让第一任博士猛嘬杜杜[1]一口，让第七任博士轻啵一下梅尔[2]，诸如此类。然而，出

1. 第一任博士的同伴，首次出现于《神秘博士》老版剧集第三季第五集《大屠杀》中。
2. 第七任博士的同伴，首次出现于《神秘博士》老版剧集第二十三季第三集《植物人的恐慌》中。

于某种原因，BBC并不想进行此类尝试。所以，《石中女神》就成了我的“亲吻同伴系列”中唯一一册了。

杰奎琳·雷纳

2014年9月

致黛比，

她赋予罗马年代无穷的乐趣。

序　幕

罗丝来到大英博物馆的入口，往大募捐箱里轻轻投下三枚一英镑的硬币。

母亲看见后，上前责备道："往里面扔钱做什么？这里又不要门票。"

"这叫捐款，"罗丝告诉她，"就是鼓励你捐点儿钱。"

杰姬抬起头，难以置信地望着头顶那巨大的天花板拱顶，"那针对的是没有在星期天早晨被强行拽到这儿来的人。"

罗丝大笑着与米奇交换了一下眼神，"妈，你其实不用跟来的。"

杰姬把金发往后一甩，"你觉得我会留在家里吗？米奇说了，这里有惊喜。他还说了，看看吧，看了就知道确实不可思议。告诉你们，我什么世面没见过啊，真不知道还有什么能让我难以置信，不过……"

"你说得对。"罗丝打断了她，"我也没指望你真会待在家里。那咱们就走吧，赶紧去看看到底是个什么稀罕玩意儿。"

米奇走在最前面带路，罗丝则转头去找他们的第四位成员。然而，博士却早已消失无踪，不知逛到哪个展馆去了。于是，罗丝耸了耸肩，跟在米奇身后。

与往常相比，米奇这次见到她时，显得尤为兴奋。因为他有个惊喜，一个大大的惊喜，绝对令人难以置信的惊喜。而且，他们此时正走在通往惊喜的路上。

一行人经过了一尊大理石狮子的雕像，这头雄狮睥睨着整座博物馆的大中庭，眼神空洞而悲哀。

“它看起来很伤心。”罗丝感叹道。

“如果你被困在一座博物馆里——”杰姬弯腰看了一眼雕塑下方的小铭牌，“将近两千五百年，也会苦不堪言的。”

罗丝并没有指出，这座博物馆的历史根本没那么长，因为她知道母亲其实也很清楚这一点，但她明白杰姬的意思。看着这头两千多年前因雕刻家灵感一时迸发而诞生的石兽，她心里突然涌出一股不合逻辑的同情。

杰姬依然打量着石狮。“两千五百年，”她重复道，“甚至比他还老啊[1]。”

罗丝知道，母亲说的“他”是指博士。

“嘿，怎么不见他长皱纹啊？活了这么好几百年的时间，就

1. 本书首次出版于《神秘博士》新版剧集第二季播出前不久，此时博士大约901岁。

算是换了新身体，皮肤上也总该有点儿岁月的痕迹吧，比如说自由基什么的，总会让人的皮肤老化。我敢打赌，咱们地球可不是全宇宙唯一遭受污染之苦的行星。你能去打听打听，他在用什么护肤品吗？我敢说，他准能靠这个发大财。”

“他可是博士啊，又不是老爸。”罗丝翻了个白眼，“他可不会到处去推销。”

此时，米奇朝她们招了招手，于是两人离开石狮子，继续向前走去。博士站在埃及馆里，正全神贯注地打量着罗塞塔石碑[1]。“他们发现这东西时，我可糟心了。”博士向他们挥了挥手，“当时，我正准备推出我的英文-古埃及象形文互译词典，结果拿破仑的士兵偏偏就在此时发现了这块石碑，我的词典也就没能上市了。”

“瞧，就说他不懂推销的门道吧。”罗丝说道，“早告诉过你。”她也朝博士挥了挥手，随后一行人走下一段楼梯，又转过一个拐角。米奇在前面步履坚定，仿佛早已把路线铭记在心。

他们又经过了好几排罗马石雕的头像，几百双空洞无神的眼睛凝视着他们前进的步伐。随后，他们走过了几口石棺，然后是一只巨大的石足。在这庄严肃穆的博物馆里，巨型石足的造型显

1. 制作于公元前196年，石碑上用多种文字雕刻着古埃及国王的登基诏书。1799年被发掘后，考古学家通过对照不同的语言版本，终于解读出了早已失传千余年的古埃及象形文字。

得有些太过滑稽了。

最后，他们终于来到了一排雕像前，这些都是人体石雕，有的没了脑袋，有的没了胳膊。尽管遭遇了种种不幸，但它们依旧散发着纯洁耀眼的高贵气息。

米奇停下脚步，“我们到了。”他说完便咧嘴傻笑，就像一条大狗给罗丝叼来了棍子，兴奋地等着她赞赏自己几句。

罗丝看了看面前这尊大理石雕像，是位头戴面纱的女祭司。美倒是很美，但却并不足以令人激动。

紧接着，她听到了杰姬的惊叹：“哦，我的天。太难以置信了！”

罗丝将目光移向了旁边那座雕像，随即也不由得惊叹起来。

那是一座惟妙惟肖的石像——跟她长得一模一样。

从铭牌可以看出，那座石像已经有两千多年的历史了。

1

大英博物馆里竟放着自己的雕像，这让罗丝感到颇为惊诧，但当她终于恢复过来时，却又觉得十分兴奋。“这真是太棒了！”她说道，“你们知道这意味着什么吗？我们得到——”她又低头看了一眼，“公元二世纪的罗马去一趟。还能有什么比这更棒的？”

“啊呀！”她身后突然有人喊道，“这让我想起了一个认识的女孩子，也不知她现在怎么样了。”博士跟了上来，朝罗丝露出一个足以打动万物的微笑。罗丝也对他报以灿烂的笑容。

杰姬打量着雕像下面的铭牌。“快看，上面说这是福耳图娜女神的雕像。”她说道，“别告诉我，我竟生了个女神出来，霍华德[1]肯定不会相信的。”

“福耳图娜，罗马的幸运女神。”博士告诉她，“通常总是手持丰饶角。”

“对，上面说那是象征丰收和富饶的羊角形柳枝篮。”杰姬

1. 与杰姬约会的水果商，首次出现在2005年的《神秘博士》圣诞特辑《圣诞入侵》中。

回应道。

博士看起来很是愉悦。

罗丝的雕像确实有一只手抱着丰饶角，里面装满了石雕的水果和鲜花。但另一只手却残缺不全，手腕的断裂处还指向了围在它身边的这群人。罗丝不禁举起自己的双手感叹道：“希望那不是按照真人雕刻出来的。”

“不过，我跟你说，”杰姬开口道，“她的耳环跟你的一样。”

罗丝摘下了一只耳环，举起来比对。她今天戴的是一对银色的圆盘形耳环，正中有一朵小花，四周点缀着螺旋形的纹路。她把耳环举到雕像耳边，发现连中间那朵小花都一模一样。“这真是太不可思议了。”她说道，“连细节都还原得惟妙惟肖。”

她把自己的耳环塞进了牛仔夹克的口袋里，然后咧嘴笑了笑，“看来，未来我能给艺术家当模特了！我可是一直都希望能有那样的机会。”

米奇皱起了眉头，“可我兄弟维克叫你当模特时，你也没答应啊。”

罗丝叹了口气，“是啊，让你的兄弟维克拍照，是要穿着内衣躺在羊皮地毯上，这跟扮作女神给古罗马人当模特可是两码事。”

博士这时已经戴上了眼镜，忙着打量雕像仅剩的那只手，“唔……”

“怎么了？”罗丝问道。

“这雕像还戴着跟你一样的戒指。”

罗丝低头看着右手上的戒指，“既然她都戴着跟我一样的耳环，那为何不能戴着一样的戒指呢？”

博士皱了皱眉头，“他们通常会单独制作身体——先批量生产出躯干，然后再把脑袋安上去。很明显，制作这座雕像的人对你的身体十分着迷，照着你的样子制作了整座雕像。”

“那很让人费解吗？”罗丝扬起了眉毛。

博士转过身来，对她露出令人释怀的笑容，“我敢肯定，那一点儿也不让人费解。”

罗丝发现，自己很难将目光从这座石头身上移开。不过博士说得对，如果她一直站在这儿盯着看，那么雕像永远都无法做出来，所有人都会因此陷入可怕的悖论里。于是，她便任由博士把自己带走了。两人经过那座巨型石足时，博士说道：“啊，是我的错。这是海福三号星巨妖的残躯，是一种硅基生命体。我大概是在……哦，应该是在公元两百年左右打败它的。那时候，我向它高喊道：看招，你这邪恶的巨妖！它回答道：哈哈，你永远都不可能打败我！然后我又说道：话可不能说死……”

“这上面说它原本是一座四肢肥大的巨型雕像。”米奇飞快地指出。

“嗯，他们肯定会这么说。”博士说着，走过了石棺和一排排石雕头像。现在看来，头像的目光似乎是在提示着它们与罗丝的渊源。

他们在埃及馆又跟博士走散了，杰姬也走到了一边儿，试着寻找印有她石头女儿的明信片。罗丝和米奇则站在出口等待他们。

“你是怎么找到的？”两人默默地站了一会儿后，罗丝问道，“这里应该不是你平时常待的地儿吧？”

米奇低头看着地板，似乎很不好意思。

她瞪大了眼睛，“到底怎么回事？肯定不至于有多糟吧？难道你进来偷东西了？或者正跟纪念品店的女孩儿约会，但是不想让我知道？”

米奇皱着眉，否定了她的说法，但依然有点儿害羞。“快告诉我嘛！”罗丝央求道。

米奇挺着胸膛，鼓起勇气说道：“呃……我最近一直在做志愿工作。你懂的，给孩子讲解之类的。”

罗丝高兴地笑了起来，“那很好啊！”

他耸了耸肩，又陷入了不好意思的情绪，“你们整天都在外面忙着拯救宇宙——我就想，自己在家这边儿也能做些什么，仅此而已。”

这时，博士向他们走了过来。“可别告诉他。”米奇压低声音说道。

罗丝略显恼怒地叹了口气，“是啊，因为当好人一点儿也不酷，对不对？”不过，她还是忍不住踮起脚来，亲了亲米奇的脸颊，“你这个老好人。”

不一会儿，没找到明信片的杰姬也加入了他们。随后，四人便离开了博物馆，沐浴在骄阳之下。

“好吧，回头见。照顾好自己，别干任何我都不会去干的事儿。”博士说着，握了握米奇的手。此时，一行人已走到博物馆宽阔石阶的最底层。

“怎么，这就要走了？我只来得及对宝贝女儿打声招呼，你就又要把她给拽走了！”杰姬叉着腰抱怨道。

“我们很想留下来。”博士毫无诚意地说着，一只手搭在了罗丝的肩膀上，“特别想，特别想，特别特别特别想。但恐怕，我们得去赴个约会了。”

“真的？”罗丝问道。

“我觉得这很明显了——”博士回答，“你和我要去趟古罗马了。”

“等等！”杰姬在他们身后喊道，“我在电视上看过古罗马！闺女你千万要小心，他们干的那些事儿可吓人了。”

罗丝大笑起来，“妈，你就放心吧！我能照顾好自己。”

塔迪斯猛地倾斜到一边儿，罗丝跌跌撞撞地来到了主控室。博士正围着中央那个青铜色、形似大蘑菇的控制台飞快地转着圈，一会儿在这里按个按钮，一会儿到那里拉下控制杆；再过一会儿，又兴奋地转到另一个地方压上几下气泵。

随着时光机慢慢稳定下来，她小心翼翼地往前走了一步——可是，塔迪斯就像是在等待这一刻般，她刚一挪动，飞船就猛地歪向了另一头。罗丝披在肩上的床单都滑落了下来，但这至少缓解了她下一次跌倒在地时的冲击力。

“我们能找到地方住，”博士依然站得笔直，勉强地保持着平衡，低头看着她说道，“你不用带床单的。”

“不是用来睡觉，是穿在身上的。”罗丝叹了口气，“我以前参加过一次托加[1]派对，可我不记得该怎么系这玩意儿了。”

博士咧嘴笑了起来，“好女孩儿都不穿托加。”他告诉罗丝。

“她们真的不穿？”

“不穿。而且就算她们穿，可能也不会选印着小熊维尼的款式。”

罗丝仔细看了一眼床单，角落上果然有只正在吃蜂蜜的小熊维尼，旁边还坐着猪仔。“我没注意到。”她说道，“不过，这床单不错嘛，要是这里正好来了小朋友，他们肯定会特别高兴。那么，伟大的罗马时尚教主，请告诉我到底该穿什么呢？”

博士挥了挥手，“哦，这里面总有适合你的。到L条目下找

1. 是一种象征古罗马人身份的长袍，只有男子才能穿着，女子只能穿其他样式的外衣，而没有罗马公民权的人更是禁止穿着托加。

找罗马分区，或者去G条目下找找古代分区。”

“那你呢？”她问道，“去R条目下找惹眼分区？”

博士正穿着一身21世纪的西装，搭配蓝色衬衫和帆布鞋，那可不是能轻易融入几千年前的服饰。

“我会找点儿什么来穿的。”他说着探出身子，扭了扭控制台上的转盘。

塔迪斯随即旋转起来，罗丝脚下不稳，拖着床单往门口踉跄了几步。“如果你装上几台稳定器，我们就舒服多了！”她大声说道。

“水手的双脚可经历过比这还糟糕的情况呢！”他高兴地反驳着，还跳了几步水手的角笛舞来强调自己的观点。

罗丝闷哼了一声，“嗯，好吧，就算只给我来一丁点儿的朗姆酒，我也会很快就醉得站不稳了。”说完，她便踉踉跄跄地走开了。

塔迪斯总算着陆了。此时，罗丝正穿着一袭长及脚踝的浅蓝色连衣裙（不过，这跟她因晕船而惨绿的脸色不太协调），头上还披了一条深蓝色的长头巾，盖住了精心打理过的发卷，也轻轻遮掩了美丽的面颊。博士则换了一件简单的白色丘尼卡[1]，长度

1. 古罗马的束腰短袍，平民装束。

正好及膝。他还把音速起子胡乱插在了腰带上。

“希望我们确实到了古罗马，”罗丝说道，“如果你穿着这身衣服在我家楼下乱晃，一定会惨遭暴打的。”

“你肯定会来救我的。”博士说道。

他打开门，两人走了出去——无论经历多少回，头一次踏足陌生的世界或时间，总是令他们兴奋不已。

他们正身处一座小镇或城市中，周围都是朴实的建筑。天空蔚蓝，但却透着一种只能在春天或早秋看到的冷蓝色。

博士抬头眺望天际，“啊哈！看见那个没？”他指着一根巨大的石柱，上面矗立着一尊男人的雕像，正好高出了周围的屋顶，“图拉真纪功柱[1]。这儿绝对是罗马，没错了。除非你家小区的建筑审美突然达到了世界的顶尖水平。”

“不过，这里跟我家小区一样臭。”罗丝皱着鼻子说道。她往前一步，凉鞋没入了大水坑里，不禁一脸不快，“你瞧这些道路，全都被水淹了！这里到底是罗马还是威尼斯？”

博士低头看向她的脚，随后扬起了一道眉毛，“呃，这就解释了臭味的来源。”

罗丝皱起了眉头，“你说什——”但随后便恍然大悟，“哦。呃呃呃……嗨，我记得是罗马人发明了下水道和排水系统？”

---

1. 位于意大利罗马，由罗马帝国皇帝图拉真建造于公元113年，以纪念其获得的胜利。

“差不多吧。”博士回应道，“但我猜，这并不是城市的高档地段……”

“肯定不是！”罗丝大声说着，突然听见旁边街道上传来一声惨叫。

于是，两人立刻跑向了声音发出的地方。

三名青年正围着一位头发灰白、留着胡子的老人。老人躺在地上，明显喘不过气来，正惊恐地盯着那直逼眼前的利刃。

“喂！”罗丝大喊了一声，“离他远点儿！”

但是，那几个人甚至都没回头看她一眼。

“救命！”老人嘶喊道，“求你们救救我！”

“老爹，赶紧把钱交出来。只要你老实听话，一切都好说。”拿刀的男人说道。

“呃，各位，打扰一下。”博士自信满满地大步走上前去。

这一回，他们总算是转过身来。罗丝趁其不备，拿起旁边房屋门口的一只陶罐，飞快地扔向了那名持刀的强盗。博士走上前去，从被砸得晕头转向的男人手中缴获了武器，与此同时，更多的陶罐飞向了其余两名同伙。随后，那三人一溜烟逃走了，头发和衣服上还沾着陶罐的碎片。

“哈！”罗丝冲着他们的背影大喊一声，博士则把老人搀扶起来。他似乎吓得不轻——不过，这一点儿也不奇怪。

“太谢谢你们了。”他的声音很虚弱，“格涅乌斯·费比乌斯·格拉西里斯愿为二位效劳。”

不过，自我介绍到这里就被搁置了，因为他们旁边的那扇门猛地打开了，里面走出一个满面怒容的男人，脸已经涨得通红。他低头怒视着脚下那几乎消失殆尽的陶器，“你们几个！我的酒罐都到哪儿去了？”

“呃……是他们！”罗丝指着那三名强盗的背影谎称道。

男人马上追了过去，边跑边喊：“喂！喂！喂！”于是，博士和罗丝趁机裹挟着格拉西里斯往反方向撤退。“你还好吧？”等他们走出一段距离确定安全后，罗丝这才停下来问道，“那几个人有没有抢走什么？”

老人摇了摇头，但那个动作似乎让他失去了平衡。

博士赶紧扶住他，“哦——稳住。我觉得你不太好，对不对？受伤了？”

“不，没有。”格拉西里斯说道，“就是有点担心，你们懂的……不过，我承认自己确实有些头晕。”

博士皱起了眉头，“真的？你还记得今天是哪一天吗？”

“啊，我还没有虚弱到那种程度呢。”老人回答道，“今天是三月十五日[1]。”

---

1. 三月十五日是罗马帝国皇帝恺撒遭遇谋杀的日子。不过，罗丝与博士所处的罗马建有图拉真纪功柱，而图拉真本人在恺撒遇刺将近一百年后才出生，所以下文博士对她皱眉。

罗丝惊得险些背过气去，“你在开玩笑吧？！”

格拉西里斯吃了一惊，“莫非我说错了？莫非我得了脑膜炎？”

博士对罗丝皱了皱眉，然后对格拉西里斯露出了安抚的笑容，“不，你很好。我猜你一定也知道现在是哪一年吧？”

“哪一年？”老人难以置信地重复道，“我当然知道。说真的，先生，我很感激你的关心，也很感谢你英勇相助。不过，我向你保证，我真的很好，你实在没必要问我这种问题。”

“那当然！你确实很好。”博士拍了拍格拉西里斯的后背，又对罗丝扮了个鬼脸，然后用嘴型告诉她：“值得一试。”随后又补充道：“我待会儿再想办法。”接着，他重新转向了格拉西里斯，“很好，你的记忆完全没有问题，太棒了。不过请告诉我，你上一次吃东西是在什么时候？”

格拉西里斯露出了若有所思的神情，“跟你说，我也想不起来了。可能是在昨天，也可能是前天。”

“那在你去做别的事情前，可以先坐下来吃点儿东西。跟我们来吧。”

“我们是不是该小心点儿？”罗丝说道，“你懂的，以免食物中毒之类的。”

博士又对她皱起了眉头。

“好吧，我们这就去找东西吃。”她说道，“不过，能去稍微好点儿的城区吗？”

格拉西里斯再次摇了摇头，“不不不，我没有时间！我得去继续寻找了！”

博士的态度十分柔和，但却毫不让步，仿佛他真是一名医生，“食物和休息，两者缺一不可。在你饱餐和养足精神之前，是什么也做不好的。至于那之后嘛——我和罗丝都很喜欢找东西。不是吗，罗丝？”

“特别喜欢。”罗丝回答道。

“所以，可以告诉我们你在寻找什么，然后我们就跟你一块儿去找。好吗？”

“呃……”格拉西里斯尚在犹豫，但博士已经握住他的手晃了两下，“好，说定了。”

他们一踏入城市的中心，周围便立刻拥挤起来了。“这里好像圣诞节的牛津街[1]！”罗丝惊叹着，第N次被路人挤到了一边。

“罗马有一百万人口。”博士说道。

“当真？”罗丝惊讶地问道。

“当真。”博士说完，便掰着手指头数起了过往的路人，

1. 位于英国伦敦，是欧洲最繁华的街道之一。

“一、二、三……”

“好吧，好吧，我相信你。不过，我感觉他们都在往反方向走！”她往旁边一跳，躲开了差点撞上自己的路人，“而且所有人都喝醉了！”

“因为今天是个值得庆祝的日子。”博士解释道。

“是吗？我们真走运！”

博士摇了摇头，“其实，如果不是的话，我反倒会更惊讶。对罗马人来说，几乎每天都是值得庆祝的日子。”

罗丝咧嘴笑了笑，“他们真走运！”

博士总算挤出一条路，把他们带到了一间在罗丝看来像是小咖啡厅的地方。不过，这里应该有个很别致的名字吧。店里的大部分客人都在购买打包带走的食物，但还是有少量桌凳可供使用。

“这里跟星巴克差不多。”罗丝说着，把格拉西里斯扶到一张长椅上坐下，博士端来了许多水果点心和三杯加香葡萄酒——喝起来就像是往煮过的醋里加了点儿丁香。

直到点心和葡萄酒让老人恢复了些许血色，罗丝这才意识到他此前的脸色苍白异常。“谢谢。”他大概已经是第三十次对两人说这句话了，“我该如何报答你们？请二位一定要接受我的回报。”他一边说着，一边拉开了系在腰带上的口袋，里面传出硬币碰撞的叮当声。

“哦，我们不需要回报。”博士抬手拒绝道。

罗丝见格拉西里斯满面困惑，便补充道：“真的，我们做这些只是因为好玩儿。”接着，她又说道：“对了，你在找什么？”

老人脸上再次失去了血色，罗丝顿时警觉起来。但他很快又控制住自己，深深吸了口气。“我儿子。”他回答道，“我那英俊聪慧的儿子，奥泰托斯。他失踪了。那孩子，不，我应该说，那年轻人才十六岁！”

“你觉得他在罗马城里吗？”罗丝问道。

格拉西里斯叹了口气，“不知道。我和家人住在乡间的庄园里，但我已经把那里和附近的每一寸土地都给找遍了，却仍然毫无所获。后来，我想到了罗马——你知道男孩的心性，永远都会无比向往狂热的都市，毫不顾及自身的安危。于是，我来到这里四处寻觅、求问，甚至还不顾身份，低声下气地去恳求他人，但却依旧找不到任何线索。”

此时，“咖啡厅”老板突然加入了谈话。他体态臃肿，穿着一件丘尼卡，上面沾满了食物的污渍。他毫不掩饰自己饶有兴致地偷听了三人的对话，“我知道你该怎么办。”

格拉西里斯跳了起来，“你能帮我找到儿子？！”

“呃，不能。”老板说道，“我不能帮你找到他。”格拉西里斯沮丧地坐了回去。“但我知道谁能。”

他从柜台后面走了出来，一屁股坐在罗丝身边的长椅上，浑身散发着鱼腥味儿，甚至盖过了加香葡萄酒的醋味儿。罗丝只好强忍着不让自己缩到一边。

“别吊我们胃口啊。”博士说道。

老板响亮地抽了抽鼻子，“我听说，有个女孩儿能预知未来，只靠看星星就能说出任何事儿来。”

“她是位占星家吗？”格拉西里斯问道。

“正是如此。”老板回答道，“我还听说，她预言哈德良[1]会重建万神殿。这不，他真要重建了！”

“那不算什么。”旁边一张长椅上的客人边嚼着面包和奶酪，边说道，“她还对我说，我会跟老婆大吵一架——结果成真了！”

“嗯，对啊。”老板说道，“可你当着你老婆的面调戏那女孩儿，连我都能做出预言。不过，我听她说了，帝国将在几个世纪后分崩离析。为了安全起见，我已经准备举家搬迁了。”

罗丝嘘声道：“哦，得了吧。你想糊弄谁呢？占星学都是胡说八道。”

“我就知道你会这么想。”博士说道，“典型的金牛座。”

罗丝朝他扬起了眉毛，“拜托，别告诉我你相信那些……”此时，格拉西里斯又站了起来，博士便示意她先别急着说。

1. 公元76-138年，罗马帝国皇帝。

“告诉我，这位声名远扬的女士身在何处？我该如何找到她？”

“咖啡厅”老板把地址给了他，博士和罗丝也站了起来。博士把最后一点儿水果点心塞进嘴里，然后准备离开。

这时，格拉西里斯转过身来，对他们说道：“我的朋友，非常感谢你们的帮助。从今天起，只要你们碰巧路过，我都非常乐意招待你们来庄园小住。只是，我现在不能再占用二位的时间了。”

“你肯定是在开玩笑吧。”博士说道，“可以亲眼见证那位女士推演未来，我们怎能错过这样的大好机会呢？你说是吧，罗丝？”他看着罗丝，露齿一笑。

罗丝也笑了起来，“绝不可能。”

2

博士、罗丝与格拉西里斯一同走在科尔索大道[1]上，途中经过图拉真纪功柱，直刺云天的柱身上刻满了图拉真的英勇事迹。从近处打量，圆柱显得更加雄伟——形似神庙的底座顶端，大理石圆柱的砖块呈螺旋形环绕而上。博士告诉他们："那里面安放着图拉真的骨灰。"由于距离太近，罗丝不得不使劲仰着脖子，才能看到坐落于圆柱顶端，高出头顶三十多米的皇帝雕像。圆柱上方有个观景台，她能看出博士很想爬上去。不过，格拉西里斯的目的明确，他们必须专心赶路。

最后，他们来到了"咖啡厅"老板指引的地方——某某街道的某某公寓。这里的环境不算太好，但比他们着陆的地方强多了。老实说，这里跟鲍威尔小区[2]差不了多少——几座公寓楼环绕着一个小中庭，底层还有几间商铺，只不过卖的都是橄榄油和厨房用具，而非香烟和中餐。

1. 纵贯罗马古城中心的主要街道。
2. 罗丝跟她母亲居住的地方。

他们爬上楼梯，找到了“咖啡厅”老板说的那间公寓，博士主动上前敲了敲门。

片刻后，门开了一条小缝，一个身穿肮脏丘尼卡的小眼睛男人从门缝里瞅着他们，“你们有什么事儿？”

博士对他露出了微笑，“我们想见见那位住在这里的年轻女士。你知道吧，那位预言家？占星家？”

听到这些话后，男人的态度立马变了样，突然阿谀谄媚起来。他敞开大门，后退一步，把他们请了进去。

“啊，女士和先生们，我很荣幸并且很高兴见到你们。请允许我做个自我介绍，我叫拜耳巴斯，这就带几位去见群星的解读者、星辰的传译人、预知未来的女士。只需最微不足道的一点儿费用，几位就能见到她。”

“雁过拔毛。”罗丝咕哝道，“有些事永远不会改变。”她本以为格拉西里斯会讨价还价，但他对儿子的担忧明显超过了对金钱的吝啬，毫不犹豫地掏出一把硬币递了过去。

那个邋遢的男人把他们领到了里屋，只见房间的角落里蜷缩着一个人影。“温妮莎，有客人要见你。”他贪婪地搓着双手，仿佛谈下了一笔好生意，“告诉他们想知道的一切吧。”

角落那人抬起了头，而罗丝却吓了一跳。她一直下意识地认为，自己会看到一个类似在露天市场里晃悠的那种吉卜赛人，或许会上了年纪，顶着红润的脸蛋，预言对方会遇见高大、神秘的陌生人并开启一段跨海航行，同时还露出知晓一切的微笑。然而，出现在她眼前的，却是一个眼神忧郁、皮肤暗沉、身型瘦削的小女孩。

“是，主人。”

罗丝一脸惊诧地看向博士。“她是个奴隶。”博士用口型回答道。

格拉西里斯坐到了女孩面前。“你一定要告诉我，在哪儿可以找到我儿子！”他恳求道，“我可以告诉你他出生的时间和地点，一切你需要知道的事儿。”

女孩满脸惊恐。

“回答这位先生，温妮莎。”她的主人露出了大灰狼一般的笑容。

她开始柔声询问关于奥泰托斯的事情，随后伸手拿起一张羊皮纸计算了起来。那些数字和符号对罗丝几乎毫无意义，因为她一直都不怎么喜欢数学，更别提以现在这个上下颠倒的角度去试着理解了。不过，她发现博士看得很入迷。他一动不动地盯着那些数字，看了好一会儿，然后又晃了晃脑袋理清思绪，把目光转向了格拉西里斯。

格拉西里斯看上去十分殷切，满怀期待。罗丝不禁对他心生同情，不只是因为他的儿子，还因为他已经如此绝望，甚至不惜使用这种荒谬的手段。女孩看起来是个好人，不会主动占别人的便宜，但罗丝无法对其主人做出同样的评价。专门压榨弱小可怜之人，这明显就是他的惯常手段。仿佛计算出某人出生时的星辰位置，就能知晓其在十六年后，会跑去什么地方似的。

拜耳巴斯的微笑开始变得越来越僵硬，“回答这位先生。”几分钟后，他又重复了一遍。

“得了，我们给足了酬劳，活儿自然也得花足时间来干好。”博士对他说道，“你也知道，计算行星的运行，两分钟根本不够。”

女孩似乎很感激博士出言相助，又写下了几个运算结果。这时，罗丝猛然明白过来，这女孩其实是在拖延时间！她当然说不出格拉西里斯想要的正确答案，所以正在拼命思考该对他说些什么。

或许博士也意识到了，只见他面对女孩坐了下来，“我全无否定你的能力之意，只是，我猜你手头信息这么少，估计很难计算出结果来。你需要更加了解这个叫奥泰托斯的男孩，而且我敢说，你还得去看看他消失的地方。”

她拼命地点着头，目光仿佛是在恳求他们，“是的，是的，我需要去看看他消失的地方。”

“哦，我肯定你的——”博士顿了顿，对自己将要吐出的字眼很是不快，“主人不会介意你跟我们走一趟，因为，这是在做一件大善事。”

但奇怪的是，她的主人对此并不十分高兴。“我恐怕不能……”

他刚一开口，就被打断了。

格拉西里斯一拳砸在桌上，震得女孩手中的笔墨都洒在了羊皮纸上。“那就让我买下她，”他说道，“你不明白吗，伙计？她是我唯一的希望！”

“什么？你叫我把这小金矿拱手相让——我是说，”拜耳巴斯重新挂上了谄媚的微笑，“让我把照看她的神圣职责拱手送人？”

“哦，我们能照看好她的，绝对没问题。”博士轻快地说道，“我感觉这主意很棒。格拉西里斯是位富翁，我想你们应该能商讨出让双方都满意的价钱。”

拜耳巴斯耸了耸肩，“五日节[1]就要到了，外面有好多女人和游客都想听听自己的未来。如果没了温妮莎，我可要损失一大笔钱……”

听着他们为赎买一个女孩讨价还价，罗丝恶心得蜷起了脚趾。他们竟然把一个活人卖来卖去，仿佛她只是一张桌子、一袋苹果，或义卖会上的一件大衣。

不过，温妮莎似乎并不怎么害怕，她看起来颇为高兴和急切，不敢相信自己好运将近。她在这里的生活一定很没意思，而且她一定觉得为格拉西里斯服务会比现在要好。

1. 献给智慧女神密涅瓦的古罗马节日，每年三月十九日举办。

最后，他们总算是谈妥了，格拉西里斯、博士和罗丝终于带着温妮莎离开了公寓。

“现在该怎么办？”罗丝问道。

“像我刚才所说，”博士回答道，“可以到格拉西里斯的庄园去，调查调查最后目击奥泰托斯的地方，那样应该会有帮助。当然了，前提是给我们的邀请依然有效，你说呢？”

他看向老人，对方迫不及待地点了点头，“当然，如果你认为那是最好的办法，那当然没问题。”但他又叹了口气，“就算他真的在罗马，我可能找上一年也不会找到。”

“对，毕竟你手上没有能分发给路人的照片。”罗丝想也没想就脱口而出，博士立马瞪了她一眼。“我是说——你手头也没东西能让别人知道他长什么样。”她慌忙改口道。

格拉西里斯伤心地笑了笑，“啊，如果你想知道我心爱的孩子是什么模样，那就等我们到达庄园再说吧。”

格拉西里斯的马车正等在城门外面，几个人先后坐了进去。博士用手势示意罗丝跟紧温妮莎。其实，就算没有示意，她也打算这么做。离开公寓后，这女孩就几乎没说过话了，不过，罗丝打定主意要跟她聊聊天。

“你老家就在罗马吗？”她试着用简单轻松的问题挑起话头，但温妮莎似乎突然警觉起来，变得更加沉默了。罗丝又试了一次，“你多大了？”

这次女孩回答了："十六岁。"她喃喃道。

"你搞占星术多久了？"

温妮莎再次沉默以对，但让罗丝感到惊讶的是，女孩的脸蛋上竟然滑下了泪水。她立马将女孩揽入怀中，"嗨，别哭呀！对不起，如果你不想回答，我就再也不问你任何问题了。"然而，女孩还是哭了起来，仿佛已控制不住自己。罗丝一直抱着抽泣的温妮莎，轻轻摇晃着她的身体，想要安抚她。同时她心想，这女孩到底经历了多么糟糕的事，才会让她如此害怕。

旅途显得颇为漫长，罗丝不禁怀念起火车和汽车。不过她又想，尽管前路漫漫，且有些颠簸，但马车（好吧，其实是驴拉的车）总要环保得多。在得知当天到不了庄园，得在途中的旅馆下榻一晚时，她不由得吃了一惊。不过，她希望这样至少能有机会跟温妮莎单独交谈几句，可后来又得知，原来奴隶会被安排到另外一座房子里。躺在脏兮兮的小床上，罗丝不禁猜想奴隶房到底会有多么糟糕。她一整夜都睡不安稳，一直担心古罗马的卫生情况和各种可能发生的感染，同时试图劝说自己，身上的瘙痒都是她想象出来的……

第二天太阳还没完全升起，他们就出发了。估计还得再走上一整天才能到达庄园，所以格拉西里斯希望尽早启程。罗丝倒是很高兴，因为那很可能意味着他们不需要在另一间小旅馆里过夜了。

老人对早餐没有一丝兴趣。不过，当太阳升起后，博士跳下驴车，在路旁给他们摘了一些鲜嫩的无花果。“我知道年份了，是公元120年。”他给罗丝递果子时小声说道，“现任皇帝是哈德良。别担心，一切尽在掌握。”

很明显，格拉西里斯迫切希望尽快返回庄园，让温妮莎开始寻找奥泰托斯。罗丝感到女孩对此无比恐惧，她很肯定温妮莎没有任何天赋或是神秘力量。于是她开始猜想，当这个可爱的罗马老人发现自己花了一大笔钱，买来的却只是一个毫无用处的奴隶时，究竟会做何反应。不过，他此时虽然面带忧虑，态度却十分和蔼，正坐在驴车的另一头与博士低声交谈。尽管如此，罗丝还是在脑海中盘算起了营救计划。只为保险起见。

虽然格拉西里斯的重望令她压力巨增，但经过了一晚上的休息，温妮莎还是高兴了一些，还吞吞吐吐地回应了罗丝对周围风景的评价。见她心情不错，罗丝试着聊了起来，“我来自不列颠——不列颠尼亚[1]？”她有些不确定，“你应该知道吧，就是哈德良皇帝修长城的地方？”

“哦，哈德良长城[2]。为了阻挡野蛮人入侵。”温妮莎说道。

“就像凯尔特人足球俱乐部的球迷[3]吗？”罗丝笑了起来。

---

1. 罗马帝国时期对不列颠岛的称呼。

2. 位于英国不列颠岛上，是罗马帝国在占领不列颠时修建的，主要用来防御长城以北的凯尔特人。

3. 苏格兰足球超级联赛的球队，球队的某些狂热球迷时常寻衅滋事。

温妮莎一脸疑惑，但还是跟着笑了。有那么一瞬间，罗丝觉得她还想说点儿什么，一些有关自己的事——可她最终并未开口。

他们到达庄园时已是薄暮，不过尚有足够的亮光让罗丝看清庄园的模样。她原本想的是一座庄严宏伟的宅邸，不过这里更像一座农庄，只是颇为豪华罢了。农庄中间设有喷泉和鱼池，周围环绕着几座粉刷着丑陋灰泥的房子。她看到许多雕工精美的马赛克拼花砖，以及优雅的雕像。周围还有一片片农田，和那花开正盛的杏林桃园。不远处，驴厩、禽舍一应俱全。

“这地方不错啊。”一行人走进农庄时，博士咕哝道。

此时，一个身材矮胖的女人朝他们跑了过来。从面相上看，她似乎生性友好开朗。然而，此时的她却形容枯槁、目光焦虑，“找到他了吗？”她大声追问着格拉西里斯，忽略了旁边的所有人。

格拉西里斯伤心地摇了摇头，随后向博士他们介绍说，这女人是他的妻子玛西亚——奥泰托斯的母亲。“不过，这些好人都是来帮我们的！”他对妻子说道，“这个奴隶——”他指着温妮莎，“是位强大的预言家。只要多了解一些奥泰托斯的事情，她就能帮我们找到他。”他顿了顿，然后又问道：“乌尔苏斯有消息了吗？”

“他向我保证了，明天就能如期完成。”玛西亚回答道。

玛西亚询问他们是否需要食物，但几人在路上就已经吃过了。天色迅速昏暗下来，周围寥寥几盏油灯并不能提供充分的照明——看来，这里习惯在太阳下山后便早早歇息。

“明天就给你们看我儿子的样貌。”格拉西里斯边说边招来几名奴隶，让他们带博士和罗丝去客房，“我敢肯定，一定是老天听到了我的祈祷，才把你们给派来了。”

但当罗丝躺在陌生（所幸非常干净）的床上辗转反侧时，心里却不像格拉西里斯那样自信。

第二天清晨，罗丝睡眼惺忪地走到楼下，而博士早就不在房间里了。她好不容易在一片果树林里找到他时，博士正坐在一棵树下，桃花像纷飞的大雪似的点缀在他的发间。

“你这破案方法挺不错啊。”罗丝调侃道。

“赫尔克里·波洛[1]坐在椅子上就能侦破任何案子。”博士回答道。

“想想你留山羊胡的模样！”她大笑道，“正好跟鬓角般配。”

“我猜，那会让我显得更为精明。”他骄傲地说道。

---

1. 阿加莎·克里斯蒂笔下的角色，是文学史上最受欢迎的侦探之一，山羊胡是其标志性造型。

罗丝咧嘴笑了笑，“那就试试吧，留一撮山羊胡。我倒想看你敢不敢。”

“好！”他指着上唇说道，“我现在就长出来给你看，瞧着！”

她假装自己相信了他，探过头去仔细打量，但很快就笑得直不起身来。博士也跟着笑了起来。“还是算了吧。”他最后说道。

“所以，你有什么计划？”待两人都笑够了，罗丝问道。

“格拉西里斯正在准备某样东西，”博士告诉她，“我们半小时后去见他。”

两人又闲聊了一会儿，随后有一名奴隶走来通知他们过去，随即把两人领到了庄园大门外不远处的小树林里。几只孔雀正在草地上散步，不时穿过修剪整齐的花丛；清水从宁芙与法翁[1]的石像口中淌出，汇集成一汪小池塘。然而，有人打破了这种和谐的氛围——那是一个身型高大、体格健硕、表情凝重的男人，与周围丰饶美丽的自然风光显得格格不入。他正倚坐在一座雕像的底座旁（罗丝猜测那是一座雕像，因为上面盖着一块布）。

格拉西里斯、玛西亚和温妮莎也从不同方向走了过来，那个满脸不悦的男人见状，便挣扎着站了起来。

“啊，乌尔苏斯，我亲爱的朋友，”格拉西里斯说道，“你

1. 分别为古希腊与古罗马神话中山川水泽的仙女和半人半羊的农牧神。

是否准备好揭幕了？”

男人微微点了点头。

“很好！”格拉西里斯转向博士和罗丝。罗丝发现，他眼中基本没有温妮莎的存在，除非他正在谈论她，或直接跟她讲话。“这位是奥鲁斯·瓦列留厄斯·乌尔苏斯，虽然只是个当地的年轻人，但正迅速地在整个帝国声名鹊起！我可以自信地说，他是当代最伟大的雕刻家之一。乌尔苏斯极少接受私人委托，所以当他答应给我制作一尊雕像，来为我最爱的儿子庆祝时，我感到非常荣幸。”

“你出的价钱让我难以拒绝。”男人露出了贪婪的笑容，这让罗丝不禁想起温妮莎的上一个主人拜耳巴斯。

格拉西里斯伤心地轻笑了两声，“身为一个富翁确实有不少好处，我可以买到一般市面上见不到的东西。但尽管如此，我却买不到自己最渴望的东西：我儿子的归来。”

他上前一步，抓住了盖住雕像的布块一角，“不过，我希望它能让我们朝着那件喜事更进一步。”

他手腕一晃，布块便滑落下来，露出了底下的雕像。那是一个摆出优雅姿态的男孩。白色的大理石雕像看起来闪闪发光，但嘴唇、眼睛和头发上却涂有鲜艳的色彩。罗丝暗自觉得那样很没品位，比在课本人物脸上画胡子和眼镜强不了多少。

格拉西里斯重重地叹了口气。“今天本应是个值得欢庆的日子。”他边说边看着博士和罗丝，“今天是酒神节[1]，本该是我儿子终于能领受成年服、在世人眼中成为男子汉的日子。”他指着男孩的石雕说道，“这座雕像就是为了庆祝这一重要的日子而准备的。不过，它现在至少可以帮我们走出困境。”

“我的奥泰托斯。”玛西亚说着流下了眼泪，整个人瘫倒在雕像上，紧紧地搂着那石制的腿，仿佛要阻止爱子再次离开，“现在，你们可以找到他了。”

1. 每年三月十七日，古罗马人会举办酒宴庆祝十五六岁的男孩成年。男孩子会脱掉象征儿童的垂饰，换上成人穿着的白色托加长袍。

3

格拉西里斯把不断抽泣的妻子带回了主屋，还把温妮莎也叫上了。因为玛西亚还要跟她讲更多关于奥泰托斯生辰的事情。乌尔苏斯似乎也正想走，但却被博士的一个手势给止住了。

“这东西真让人印象深刻。”他指着雕像说道。

“我所有的‘东西’都让人印象深刻。”乌尔苏斯回答道。

“啊，我知道了。但我真的知道吗？对，我想我知道了。”博士点头说道，然后便转过身去，似乎决定让男人离开。然而，他又突然扔出了另一个问题：“你在雕刻时，肯定经常见到奥泰托斯。你觉得他到底遇到了什么事？”

乌尔苏斯耸了耸肩，“我怎么知道？有钱人家的儿子时常遭到绑架，这并不奇怪。”

“那绑匪也太没用了，”罗丝插嘴道，“虽然他们绑走奥泰托斯好几天了，却连一个子儿的赎金也没有要。”

“那他肯定是自己跑到什么地方去了，可能是被强盗袭击了，也可能是在哪个酒馆喝醉了。反正都不关我的事儿。”

博士好像认真地想了想他说的话，“是的，有可能……当然，这里距离城市很远，他又没有任何交通工具……不过，你依然有可能是对的。”

罗丝看得出来，博士一点儿都不相信自己的话。

或者说，他只是不愿意相信，不希望得出这么个平凡无奇的结论。或许对博士而言，任何细小的谜团都是值得调查的，因为这样总比什么都没有要好。

“你最后一次见那孩子是什么时候？”博士用最正经的侦探腔问道。

乌尔苏斯似乎不太愿意回答，但最后还是咕哝道：“四天前。当时，雕像就快完工了，他过来看最后的调整。我有一间工作室设在马厩旁，方便在这里工作。”

“那一定很有意思，”博士说道，“我也想去你的工作室参观参观。”

乌尔苏斯斩钉截铁地摇了摇头，“我不允许任何人旁观自己工作。谁都不行。”

“啊，”博士说着，突然掰起了指头，“等等，四天前？那不是奥泰托斯少爷失踪的那天吗？老天爷，你可能是最后一个见到他的人！”

“有可能。”雕刻家耸了耸肩，“可我又怎么知道呢？”

“既然如此，那我们可能真得去看看你那无与伦比的工作室了，毕竟那里是一切的起点。”

乌尔苏斯吹胡子瞪眼地说道：“我告诉你了，任何人都不许进入我的工作室。我是一名艺术家，绝不容许这种事发生！”

“但那并不是你的工作室，对不对？”罗丝说道，“这地方属于格拉西里斯，我猜他一定会同意我们进去。因为那是为了找到他儿子啊。”

乌尔苏斯上前一步，罗丝还以为他要对自己动手，便下意识地绷紧了身子。没想到，他只是伸出一只手，轻轻抚摸了一下她的脸蛋。他有一双大手，香肠似的粗壮手指套在厚厚的皮手套里，一点儿也不像罗丝心目中艺术家的手。不过，奥泰托斯的雕像可以证明，这人笨拙的外表显然与其内在的能力毫不相符。

“你，可以到我的工作室来。”雕刻家对罗丝说道，她猛地意识到这是不可避免的结果。

“我接到委托，要创作一尊女神的雕像。你如此年轻美丽，可以做我的模特。这是你进入我工作室的唯一办法——让我将你变为女神。”

之前发生的一切都在引导他们走到这一步。他们来到罗马，救下了格拉西里斯，受邀来到庄园，然后遇到乌尔苏斯——这件事早已注定，因为一切都已铺陈完毕，只待他们迎来这一刻，让一座雕像就此诞生。那座雕像即将穿越千百年和半个欧洲，最终来到21世纪的大英博物馆，在地下展馆里供人瞻仰。

“好啊。”罗丝回答道。

博士坐在池塘边，双脚摇晃着泡在水里，朝那些闪闪发光、聚过来轻吻他脚趾的小鱼微微一笑。罗丝也脱下凉鞋，坐到他的身旁。

“你要去当模特了，”他说道，“罗丝当模特。大模特罗丝。”

她闷闷不乐地点了点头，“看来是的。你知道吗？我本以为这件事会更有意思。结果却是在别人家的马厩里，给一个穿托加的穴居人摆造型。”

“这件事可能确实没什么意思，但却十分重要。我们需要打入工作室的内部。”

“你觉得乌尔苏斯有问题？”罗丝问道。

博士耸了耸肩，“不知道，有可能。怎么说呢？我不喜欢他，但那并不意味着他有问题。就是有那么点儿感觉，因为我看人的眼光一向很敏锐。不管怎样，我们最好还是不要忽略任何的可能性。”

罗丝叹了口气，“也不知温妮莎跟格拉西里斯太太相处得怎么样了。那可怜的孩子，我猜是那个叫拜耳巴斯的强迫她搞占星术来骗人的，现在她想甩也甩不掉了。”

“你觉得她不能预知未来？”博士问道。

罗丝难以置信地笑了笑，“当然不能啊！没有人能预知未来。我知道有些人能看见一些东西，不过，那都是因为外星人或时间裂缝什么的。别闹了，你也能看出她是个假货！”

博士扬起了一边的眉毛，“你还记得咖啡厅里那些人是怎么谈论她的吗？她的那些预言。”

“你用控制台的屏幕看太多电视了。”罗丝很难相信自己竟然还要向博士解释，“她完全可能猜到重建的事，或是听到了传闻。更何况，就算我们知道罗马帝国终究会陨落，但那也不代表任何一个谈到这件事的人都能做出预言。他们有可能只是……你懂的，悲观主义者。”

“很有逻辑。”博士说道。

“谢谢。”罗丝说完后，又想了想，“不过我跟你说，她确实有点儿奇怪。我真希望她能多说些关于自己的事，但她连自己从哪儿来都不愿告诉我。还有，塔迪斯在我脑子里干的事情——让我能听懂各种语言，你也知道的，我对此完全没有意见，但是听不到对方说话的口音，还是有些不大方便。我猜她肯定说的是拉丁语吧，因为所有人都能听懂她的话。不过，我感觉她并不是罗马人……虽然她知道哈德良长城，但我也不认为她是不列颠人……我会继续跟她套话，不过——”

突然间，博士变得跟身旁的法翁石像一样僵硬。“所以……”过了一会儿，他才继续说道，“你不相信这女孩可以预知未来。”

“嗯，我不相信。”罗丝回答。

“那么，就请解释解释，这个会说拉丁语的十六岁少女为何竟会知道哈德良长城，而哈德良本人至少得到明年才会冒出这个想法来？那就是我所说的绝妙的猜测。”

罗丝目瞪口呆地看着他。

博士决定去找庄园里的人聊聊，以查清最后目击奥泰托斯的时间和地点。他请罗丝去找温妮莎，看看是否能再问出点儿什么。“不过，别让她怀疑你已经知道了她的秘密，”博士提醒道，“暂时先不要。”

“那我们该把她当成危险分子吗？”罗丝问道，“她看起来可一点儿都不危险。我还挺喜欢她的，你呢？”

“我并没有不喜欢她。”博士说道。

“那不就得了，你不是识人专家吗？如果真要说这里有坏人，我敢肯定是那个乌尔苏斯。”

“总之，万事小心。”博士嘱咐道。

她在主屋里找到了温妮莎和玛西亚。玛西亚的膝上放着一件针线活儿，但她并没有去碰，而是在对温妮莎讲述奥泰托斯的一生。

“在他五岁的那年夏天，他从一棵桃树上摔下来，伤到了胳膊……”她满怀希望地停了下来。

温妮莎说：“啊，这是，呃，摩羯座典型的冒险精神，同时受到了……木星……的负面影响。”

“当然，当然。”玛西亚赞同道，“快进来，亲爱的，坐吧。”她对罗丝说完，又对一个奴隶招了招手。片刻后，奴隶给罗丝端来了一杯酒。“亲爱的，我真喜欢你的头发，”她继续道，“金发真是太时尚了！”

“呃，谢谢，”罗丝回答，“人们都说，金发的人更有趣……”

“那是奴隶的头发吗？”

“不，”罗丝困惑地说道，“是我自己的。”

“哦，那你染发[1]了，”玛西亚煞有介事地点了点头，“不得不说，这真适合你。”

罗丝暗自决定，在她搬起石头砸自己的脚之前，还是绕开古代美发的话题更为明智。于是，她面对温妮莎问道：“你们找到线索了吗？”

小女孩对她回以不安的微笑。“我能感到奥泰托斯受众神庇佑，”她说道，“他诞生之日的星辰显现了……吉兆。我确定他目前很安全。”

“那太棒了，”罗丝边说边坐了下来。

“对，这让我放心了不少！”玛西亚微笑着说道。

“对了，温妮莎刚才在为他，呃，占卜星相时，我们就在想

1. 古罗马时期流行戴假发。那时，天生金发者通常为日耳曼人，而非大不列颠人。

应该查出最后是谁见的他。玛西亚，告诉我，你了解那个叫乌尔苏斯的人吗？”

玛西亚瞪大了眼睛，“你认为乌尔苏斯跟我儿子的失踪有关系？我这就让丈夫把他给驱逐出去！”

罗丝慌忙安抚道：“不，我只是问问而已。格拉西里斯说他是当地人，对吗？那你一定认识他。就算他跟这事儿有关系——并不是说一定有，”她见玛西亚大张着嘴，便赶紧补充了一句，“那我们也不想打草惊蛇。要让敌人处在明处，这是关键。”

玛西亚不情愿地点了点头。她想了一会儿，然后说道：“我不太了解他。我记得，他小时候是个既笨拙又不讨人喜欢的孩子。当听说他准备进修艺术时，我记得自己当时还吃了一惊。”

这种故事永远没有新桥段，罗丝心想。一个不招人喜欢的孩子，饱受调侃和愚弄，却一心想要实现自己的理想，让那些欺负他的人另眼相看。然而，这个故事的结局却并不平凡：男孩排除万难，实现了自己的野心，这也是罗丝亲眼所见。经过多年的忍辱负重，男孩如今已长大成人，并突然间获得了梦寐以求的成功，或许，甚至比他梦想的还要成功。

“那是……哦，我不太确定是在多久以前，”玛西亚告诉她，“我们突然走到哪儿都能听到他的名字。他的雕像开始出现在罗马各处的神庙和圣殿中，深受众人敬仰。我们开始还以为，那一定是另外一位同名同姓的艺术家。可我们猜错了，那就是我们认识的乌尔苏斯。我丈夫找了他好多次，他才总算答应接受我们的委托。”她叹了口气，“我现在对此十分庆幸。因为即使在这最黑暗的时刻，我还是能看到自己孩子的脸，这确实是一种安慰。”

罗丝没有说话，她并不想告诉玛西亚，如果一开始就没请乌尔苏斯来制作奥泰托斯的雕像，那她口中“最黑暗的时刻”或许根本就不会降临了。

突然，玛西亚一拳砸向了自己的膝盖。“当然了！”她说道，“我们最早是在罗马城中看到了一尊乌尔苏斯制作的雕像——我想起来了，那天是供奉福耳图娜的节日，也就是将近十个月前。”

温妮莎吓了一跳。

“你还好吧？”罗丝问道。

女孩点了点头，双眼却盯着虚空。“将近十个月……”她小声咕哝道。

“当他同意为我们的儿子制作雕像时，我们都认为那是幸运女神显灵了，”玛西亚伤心地说道，“但现在，我相信我们一定是冒犯了她。”

“福耳图娜”这名字在罗丝的脑中萦绕不去，因为大英博物馆展示的雕像下面就写着这个名字。或许不久之后，她就能弄清那座雕像究竟是怎么跑到那儿去的。

“乌尔苏斯想让我当模特制作一座雕像。”她对二人说道。

玛西亚脸上闪过一丝惊讶的表情，但很快便掩饰起来，“那真是太好了！”她说道，“我知道丈夫已经同意他随便使用这里的工作室，无论多久都行。”她说着，露出了宠溺的笑容，“我想，他是把自己当成了艺术事业的支持者。不管怎么说，你一定要在这里接受我们的款待，直到雕像完成。”

“我不想太打扰你……”罗丝正要说下去，但玛西亚却已经以慷慨女主人的身份，打断了她的话。

“有个年轻人在身边是件好事，特别是我儿子……”她支吾了片刻，“我儿子现在失踪了，我很高兴能有你的陪伴。”

“我们会把他找回来的。”罗丝尴尬地说道，“博士跟我——还有温妮莎，”她匆忙补充道，“你知道的，靠她的预言能力什么的。”

小女孩听闻后，涨红了脸。

罗丝突然想起博士要她再跟温妮莎谈谈，可当着玛西亚的面，她很难展开行动。于是，她说道：“其实，我想现在就请她帮忙。博士正在追踪奥泰托斯的行动轨迹，温妮莎可以……感应气场之类的。”

玛西亚理解地点了点头，“是的，当然。”她挥手示意温妮莎可以退下了，于是，女孩跟随罗丝走出了房间。

两人来到庭院里。一路上，有好几名奴隶从她们身边经过，手里还端着一篮篮水果或现烤的面包。

“啊，真是太香了。”一盘刚出炉的面包从她们身旁端了过去，罗丝不由得感慨道。

“我……我相信奥泰托斯曾经穿过了这座庭院。”温妮莎紧张地说道。

罗丝笑了一声，“那可不！你别紧张，我并不指望你能变戏法儿给我看，只是觉得你需要休息一会儿。跟我来。”她把温妮莎领到了奥泰托斯雕像所在的小树林里，与她一同坐在了草地上。

“他看起来好年轻，”罗丝凝视着雕像，口中呢喃道，“青涩的十六岁，跟你一样大。”

温妮莎点了点头，“应该是。”

罗丝忍不住看了她一眼，“你不确定吗？”

“有时候……很难掌握确切的时间。”

“哦，那你是什么星座的？”

“天蝎座，”温妮莎回答道，“意志坚定，富有魄力。”

罗丝笑了笑，“很有说服力！但你根本就不信那些东西，是吧。”

这是一句断言，而非一个疑问。

女孩不禁面露惧色，罗丝慌忙安抚道：“别担心，我知道这些都是骗人的把戏，但也很肯定，你一定是出于无奈才去做这样的事。我说对了吗？”

温妮莎犹豫地点了点头。

“那我告诉你接下来该怎么办吧。我跟博士会找到奥泰托斯，因为我们是排忧解难的专家。你可以跟我们一起行动，我们会对外宣称需要你的帮助。这样一来，或许就不会有人找你问星相、土星之类的问题了。不过，显然你在必要的时候是知道该说些什么的。等事情都解决了，我们会想办法送你回家，让你摆脱这里的一切。”

罗丝猛地回忆起自己十六岁时的生活：中学考试，陷入爱河，半路辍学，离家出走。当然，最后所有的事情都变得一团糟，让她心碎不已。她永远也不想再回到那段时光，但无论情况有多糟糕，那都是生活的一部分。而温妮莎所经历的那些……虽然她并不清楚细节，但可以猜到，那肯定比她以前的经历要糟糕得多。

罗丝本以为温妮莎会很高兴，却发现女孩竟快要哭出来了。

“嗨，你怎么了？”她说着，把女孩搂进了怀里。

“我没有家，”女孩回答，“再也没有了。”

4

博士来到树林时，温妮莎还在静静地流着泪。但他好像并不介意，而是走到两人身边，一屁股坐了下来。

“这是我查到的东西：几个星期以来，奥泰托斯每天都会到乌尔苏斯的工作室去。那男孩的大致印象是，雕像依旧处在准备阶段。不过，由于任何人都不许进入工作室，我们便无法得到佐证了。然后在几天前，男孩一早起床，吃了几片非常美味的小麦饼后，就到工作室去了。事情也就到此为止，没有人再看见他离开。虽然这算不上可疑，不过奇怪的是，那天乌尔苏斯却突然宣布雕像已经快要完成，只需再用上几天就能完成收尾工作了。”

“那算快吗？”罗丝问道。她只在八年级的艺术课上做过一只陶罐，对这方面不太熟悉。

“我觉得算。”博士回答，“虽然雕刻家并非每时每刻都需要模特，但制作雕像这件事，我感觉一般需要好几个月，甚至好几年。当然，我并不是专业的雕刻家……”

罗丝露齿一笑，“怎么，意思是你从来没跟米开朗琪罗或是其他雕刻家学过艺？”

博士向她投去警示的目光，罗丝立刻意识到自己说漏了嘴。“抱歉。”她咕哝道。

“没关系。”他小声回答，然后露出了若有所思的表情，“或许，我是该抽时间到文艺复兴时期去看看了。博士的《大卫》雕像，听起来还真不赖。”他又提高了音量，“还有一个疑点，如果雕像已经接近完工，那乌尔苏斯应该早就投身于雕像的打磨中了，而不是还在做什么准备工作。大理石看上去雪白耀眼，但加工起来却不太干净，泥巴，尘土，要多脏有多脏。然而，却没有任何人看到乌尔苏斯或奥泰托斯因此变得蓬头垢面。”

“所以……说来说去，他并没有在制作雕像？”罗丝问道。

然而，博士却又指了指雕像。“但那确实是证据。”他说道，“不管怎样，我们都有必要去他的工作室看看，查清他是如何制作雕像的。”

“嗯，我早就准备好去当模特了。”罗丝回答道。博士点了点头，“很好，不过要我说，咱们不如现在就去看看，如何？”

罗丝笑了起来，“你这人就不能老实待上两分钟啊！”说完，她便转向了温妮莎。女孩此时已经停止哭泣，可看起来情绪依旧有些低落。“你还想在这里坐会儿吗？如果有人过来，你就说正对着这座雕像冥想。可以告诉他们，是我叫你这么做的。”

温妮莎感激地点了点头。随后，博士便与罗丝离开了树林。

“她怎么了？”博士问道，“下周三将有厄运降临吗？”

罗丝对他皱起了眉，“她并不能预见未来，这可是她自己说的。我告诉她可以送她回家，但她说自己并没有家，然后就哭了起来。”

“或许是因为她离家太远了。”博士说道。

“而且还被困在这里，成了一个奴隶。”

他点了点头，“我也不喜欢这样，但你得知道，有些奴隶还是过上了幸福的生活，他们最后得到了自由，或是赎回了自由。”

“但并不代表那就是对的。”罗丝喃喃道。

“对，”他说道，“确实不能。”突然，博士抓住了罗丝的胳膊，把她拉到了一棵树的后面。

“怎么了？”她用嘴型问道。

过了一会儿，他才把罗丝松开，“是乌尔苏斯，我刚才看见他了。”

“那就意味着，他现在不在工作室！”罗丝接过话头。

“难道还有比这更适合造访的时间吗？”

于是，两人快步走向马厩，时刻注意着乌尔苏斯是否回来了。博士推了推工作室的门，发现已经上了锁。

“音速起子？”罗丝说着，望向博士的腰带。

“在庄园里。”博士回答道，“你知道没了口袋有多让人恼火吗？我仿佛失去了身体的一部分，每次想把手插进口袋时，却又发现它们并不在那儿。”

“你需要一个可以挂在腰间的小袋子。”罗丝对他说道，然后抬起一只手，从头发里拆下一根银质发针，一束鬈发也随之松脱了下来。随后，她把发针递给博士，“我猜只能改用老办法了。”

他点了点头，“既然我们身在古罗马，那就入乡随俗吧……”

罗丝负责望风，不一会儿，博士就把门锁给捅开了，而乌尔苏斯也还没有回来。他们总算打开了门，博士就像是房子的主人一般，大摇大摆地走了进去。

第一间房有些空荡荡的，只有一张小桌子，上面放着一个水罐、一只杯子，还有一大块面包。他们来到另一间房，发现一位容貌俊俏的青年正坐在长椅上。见到两人进来，青年立马跳起来鞠了一躬。

“哦，你好啊。”罗丝说道。

“你好！”博士附和道，“我是博士，这是罗丝。你是谁呢？”

青年似乎有些紧张，“我叫提洛。请原谅我冒昧一问，不知二位来到此处，是否得到了我主人乌尔苏斯的允许呢？他可是不让任何人进入工作室的。”

“哦，他不会介意的。是他叫我们直接进来的，还说专门留了门。他平时外出，不可能不锁门的，不是吗？”

提洛摇头表示不会。

“那不就对了。”

罗丝咧嘴笑了笑，“我们想参观参观。你知道吗？我马上就要给他当模特了。” 她说完，便踮起脚尖转了个圈儿，“下一位超模就是我。”她看着提洛，注意到了他修长结实的形体、完美的容貌，以及柔软的鬈发，“我猜，你也是来当模特的，对吧？”

提洛点了点头，“是的，主人把我买下来就是为了这个。”

罗丝拉长了脸，“我觉得自己永远都无法接受那种行为。”她看着提洛困惑的目光，便摇了摇头，“别在意。告诉我，当模特的感觉怎么样？”

他朝她笑了笑，“不知道，我还没开始呢。不过，我觉得有点儿紧张。”

“我懂你的意思。”罗丝赞同道。

“击退怪兽、探索月球、斩妖除魔，这些都比不上一动不动地站上好几个小时，还听凭一个汉子一直在旁边拿着凿子敲敲打打。”博士插嘴道。

罗丝叫提洛别理他。

随后，她走到角落去察看那堆零零碎碎的物件——长矛、弓箭、号角、安着小翅膀的帽子。“这就是成为神明要用的所有东西了。”她说着，拿起号角摆了个造型，“怎么样？”

“你一定会给我带来好运的。”博士说完，便从她身边走过去，打开一扇扇门开始察看。“这可真奇怪。”他说道，“什么很奇怪？”罗丝说着，翻了个白眼，因为博士看什么都可能觉得奇怪。

他皱起了眉，“嗯，乌尔苏斯确实是打算制作两尊新的雕像吧——你和提洛一人一座。但是，这里却连一块石头都没有。”

罗丝耸了耸肩，“可能还没有运到吧，恐怕罗马没有次日达服务。”

博士的耳朵竖了起来，“啊哈，这笨重的脚步声应该就来自我们的大雕刻家。我去问问他吧。”

这时候，房门打开了，乌尔苏斯走了进来。一看到博士和罗丝，他的脸色立马黑了下来。“我记得早就提醒过你们，任何人都不准进入我的工作室！”他咆哮着，然后瞪了提洛一眼。青年紧张地往后缩了缩。

博士走上前去。“别怪那孩子，”他说道，“也别怪我们。非常遗憾，你并没有通知罗丝什么时候需要她过来，所以身为和蔼友善之人，我们就主动上门来问你何时方便了。仅此而已。”

乌尔苏斯似乎冷静了一些，但罗丝觉得还远远不够。直觉告诉她，惹怒这个男人会很危险。“日出后第三个钟头到这里来。”他低声咕哝着，罗丝好不容易才忍住了朝他敬礼嘲讽的冲动。

“博士能跟我一起来看你创作吗？”尽管能猜到答案，罗丝还是问了一句。

“不！”雕刻家咆哮道，“不，他不能！我不允许任何人旁观！”

“我就问问而已。”罗丝说道。

“我发现你这儿没有用于雕刻的石头。”博士明知乌尔苏斯想让他们立即离开，却还是故意说道，“我正好认识几个商人，他们有市面上最好的大理石，我可以——”

“石头已经在路上了！”没等博士继续编完他的谎话，乌尔苏斯就大声喊道。

“好吧，好吧。没必要感谢我的慷慨提议。”博士说道。

“你的提议？你说你认识大理石商人，还擅闯我的工作室？你根本就是个竞争对手，想来偷走我的创意！”

“没，我可不是。”博士愤愤不平地说道。

“他不是雕刻家，”罗丝插嘴道，“半小时前，他刚告诉过我。”

“没错，”博士说道，“很高兴一切都解决了。”他转过身去，开始检查满桌的雕刻工具。

“你是在挑战我的耐心吗？”雕刻家再次喊道。

“哦，真是抱歉。”博士嘴上说着，却依然忙着弯腰察看，丝毫没有要停下来的意思。随后，他拿起一柄凿子说道：“你把工具保养得真好，别人甚至都看不出这上面有任何使用过的痕迹。”

“我是个细致的工匠。”乌尔苏斯回答。

“你一定是的，”博士似乎备受触动，“连你的工作室都一尘不染，哪儿都看不到一丝大理石的灰尘。当然，我猜一定是因为有奴隶为你打扫的缘故。”

“我不允许任何人进入这里，”乌尔苏斯重复道，“除了我的创作对象。格拉西里斯不会进来，他妻子不会进来，连奴隶也不会进来。他们都尊重我独自进行艺术创作的权力，只有一个人毫无顾忌，那就是你。”

博士满脸惊讶，“是什么让你这样想？我们马上就走，你觉得呢，罗丝？”

“现在就走。”她轻轻朝提洛挥了挥手，对方也冲她笑了笑。

“说到做一名细致的工匠，”博士一边缓缓向门口走去，一边说道，“我猜，那就是你戴手套的原因吧，为了保护双手？你真是走在时尚的前沿啊，我好像还没见过别人——”

说到这里时，他们已经走到了门外。乌尔苏斯轰的一声关上了大门，紧接着，里面传来响亮的落锁声。

“很明显，他不愿意分享自己的时尚秘诀。”博士说完抬起了头，细细地观察起太阳在天空中的位置来。罗丝心想，他应该对此颇为拿手。“走吧，我看现在快到晚饭时间了。”

晚餐前，罗丝找玛西亚说了一会儿话，但那并没有花多长时间。看着自己的成就，她露出了满意的笑容，随后便赶回房间做起了准备。今天的晚餐让她有点儿紧张，不过，罗丝好歹也跟母亲度过了人生的一大半儿时光，所以她猜想自己应该对任何食物都有了免疫力。

但当她终于前来就餐时，却发现自己需要适应的不只是食物。首先，一名奴隶给她洗了脚，那种感觉特别奇怪。自从那次她坐在滕比[1]海边的沙滩椅上吃冰淇淋，让母亲用一桶海水帮她洗掉满脚的沙子后，就再也没人给她洗过脚了。接着，她又被领到一张像床一样的长椅旁，然后发现自己应该趴在上面，就像玛西亚和格拉西里斯那样。她看见博士侧躺着，用一只手撑着脑袋，感觉那姿势吃东西应该方便多了，于是她也有样学样。

罗丝一直以为罗马餐桌上全是睡鼠和火烈鸟肉，让人感觉不像是吃比萨的地方，反倒更像是宠物店。不过，事实却截然不同。奴隶给她端来了一盘肉，但她完全认不出那是什么肉。上面还浇满了味道浓郁的酱汁，旁边配着她很熟悉的普通蔬菜，比如豆子和芦笋之类的。她四处张望，试图寻找餐具，但却一无所获。

博士猜到了她的想法，于是咧嘴一笑，“他们还没发明餐叉，人们都懒得用小刀。”他告诉罗丝，然后用手指拈起一片食物扔进了嘴里。

罗丝的脸都皱成了一团，“恶心死了！这上面全是酱汁。”

1. 英国威尔士的海滨小镇。

“是咸鱼酱，”博士说道，“把鱼的内脏发酵数月，就能得到味道浓郁、足以掩盖腐肉味儿的调味料。要知道，这儿可没有冰箱。”

罗丝觉得自己都快吐了。“那我还是吃蔬菜吧。”她说道，“他们什么时候才发明比萨？”

“如果你想吃四季风情比萨或是香辣蔬菜比萨，那还得再等上几个世纪。”博士告诉她。

“不如，我现在就去给你点菜，让他们有足够的时间制作？”博士笑着说完，又补充道，“哦，对了，饭后打嗝是这里的餐桌礼仪。”

“那只能让他们觉得我无礼了。”罗丝斩钉截铁地回答。

用完晚餐后，一名奴隶前来给他们洗手，而另一名奴隶则端来了水果和坚果，以及浇了蜂蜜的小蛋糕。这些东西更合罗丝的胃口。

整个晚餐期间，温妮莎都没有出现。

罗丝不禁心想，她是否还在外面，坐在夕阳笼罩下的奥陶托斯的雕像旁；又或许，她已经回到了庄园，正跟其他奴隶待在一起。她觉得晚餐后最好还是去看看那女孩。此时，博士正跟玛西亚和格拉西里斯聊天，听他们谈论各种无聊之人的无趣传闻，还指望博士也能知道。于是，罗丝让他留在那里，自己则悄悄溜出去，来到了小树林。果然，温妮莎还坐在那里。

罗丝穿过昏暗的树荫坐在她身边，拿出刚从餐厅里偷带出来的面包。“给，”她说道，“我担心你没东西吃。只有这么一点儿，真是不好意思。”

温妮莎微笑着对她道谢：“你真是太好了。”

罗丝耸了耸肩，“别客气。对了，你怎么不进来？”

“我不知道该做些什么，”温妮莎无助地说道，“我从没见过这么大的房子，也不知道自己应该怎么做才好。我敢肯定，他们一定会鞭打做错事的奴隶。”

“但你是个占星家，又不是一般的奴隶。”罗丝试图安慰她，“他们不会鞭打你的，我也不允许他们那样。我有个主意：可以告诉他们，你需要通过冥想与星辰交流，那是你施展占星术的重要一环。这样一来，他们就会放任你做任何事了。他们认为你可以找回奥泰托斯，所以就不会鞭打你了。怎么样？”

“但当他们找不回儿子，并发现我一直在说谎，就不会再对我客气了。”

罗丝故意流露出受到冒犯的表情，“嗨！之前不是说了，我跟博士正在调查，一定能把他找回来的！”她又叹了口气，“不过，我要先为一座雕像当模特，还要在日出后的第三个钟头准时到达。但那到底是什么时间？难道我要一直醒着等太阳出来，然后数三个小时的分秒吗？”

温妮莎总算露出了笑容。“我会去叫醒你的，”她说道，

“反正我现在不如以前睡得多了。”

“那就这么说定了。”罗丝回答道，“我还有些事儿想在天黑前完成，所以得回去了。”

但她却并没有动，而是着迷地欣赏着夕阳西下。

她回顾着身边发生的一切：格拉西里斯和玛西亚渴望着爱子归来；乌尔苏斯贪婪地追求着艺术名望；温妮莎痛苦地承受着忧愁与恐惧；还有那些奴隶——谁又知道他们的渴望与梦想呢？然而在两千年后，他们都将被人遗忘。今日生死攸关之事，到下一个年代将变得毫无意义，而对于21世纪，就更是不值一提了。等到她出生的时候，这里的人早已化作尘土，庄园也只会剩下一堆碎石。唯一留存下来的，将是一尊女神像，而谁又能想象得到，它将在时间的长河中经历些什么呢？

对于西沉的落日而言，从罗丝所在的时间到她所属的时间，不过是转瞬之间。可对于罗丝而言，尽管她目睹过人类的曙光和地球的终结，但这一瞬间却突然如同永恒。

温妮莎吃掉了她带来的面包。“好，我们走吧。”罗丝说着，站了起来。

随后，两人一同向庄园走去，谁也没有再回头。

5

第二天清晨，罗丝从一个猫会说话的梦中惊醒[1]，发现温妮莎正在摇晃她的肩膀。“该起床了。”女孩说道。罗丝打了个哈欠，试着回忆自己身在何处。过了好一会儿，她才不情不愿地下了床，还不停地打着哈欠。

“你觉得乌尔苏斯能准确捕捉到我的眼袋吗？”她一边说着，一边看着那打磨得锃亮的铜镜，“现在几点了？”

“日出后的两个钟头，”温妮莎告诉她，“你还有一个小时做准备。”

“恐怕让我睡饱美容觉对乌尔苏斯会更加有利。”罗丝咕哝着，但还是做起了准备。

温妮莎帮她弄好了发型，但那花掉了她们手头的大部分时间。最后，罗丝总算是准备就绪了。

“不如，你跟我一块儿来吧？”她向温妮莎提议道，“我不

---

1. 在《神秘博士》新版剧集第二季第一集《新地球》中，罗丝与博士遇到过会说话的猫护士。

敢保证一定会很有意思，但我不介意有人陪伴。这样还能让你免去面对别人的麻烦。乌尔苏斯的工作室里就有个奴隶——而他也并没有明确指出我不能带一个过去。更何况，这里的人都把奴隶当成家具，他可能根本就注意不到你。”

温妮莎微笑着表示同意，“嗯，我想跟你去。”

于是，她们穿过庭院，朝马厩旁的工作室走去。而博士也已经起来了，还朝她们挥了挥手。

此时，工作室大门紧锁，罗丝举起拳头敲了一下。“记住了，眼观四面，耳听八方，”她一边等待对方开门，一边对温妮莎说道，“以防他是个坏人。”

温妮莎或许回答了她，但就在那一霎，乌尔苏斯一把推开了工作室的大门。他对她拉长了脸——这可不是凯特·摩斯那种超模大咖会得到的待遇，不过罗丝可以接受。她走了进去，身后紧跟着温妮莎。

“把她给赶出去！”乌尔苏斯低吼道，还噘着嘴盯了奴隶女孩一眼，“我反复告诉过你跟你那博士朋友，我不许任何人旁观自己创作——连奴隶也不行。”

罗丝傲慢地回答道：“那谁来照顾我？如果我需要有人给我调整发型，或拿饮料怎么办？”

乌尔苏斯动作僵硬地走到桌边，拿起罐子往酒杯里倒了点儿酒，然后递给罗丝，“给，饮料。你头发没什么问题。好了，出去！”

最后那句是对温妮莎说的，小女孩吓得跑了出去。罗丝有点儿想跟她一起离开，但这毕竟是她的命运，不是吗？她必须为这座雕像当模特，博士还要靠她调查乌尔苏斯，看他是否知道奥泰托斯为何失踪。于是，她咽下了苦涩的酒——尽管还是受不了那股怪味儿，但多少让自己放松了些。

随后，乌尔苏斯走进另一间房，罗丝也跟了过去。提洛今天没在，这让罗丝不禁感到有些失望。

“要我怎么配合你？”她问了一句，但乌尔苏斯根本没有理她。只见他走到一张桌边，开始整理工具。

罗丝坐在一张长椅上等待指示。她四下打量了一番，发现这里有一件东西跟昨天不太一样——多了件放在角落里、被布单覆盖的高大物体。是尚未完成的雕像吗？她希望乌尔苏斯没有同时开展太多工作，因为她真的很想尽快完成这项任务，而绝不希望花费太久时间。然而，她有一种不祥的预感，觉得这将会持续好几天，甚至是好几个星期。为了实现某种意义上的不朽，这样做真的值得吗？

罗丝浅浅地笑了笑。其实，她已经以一种迂回的方式实现了不朽。就算她死在了这个年代、这个地点（不过很明显，她暂时没有这种打算），然而在两千年后，她还是会在地球上重新出现，穿梭于伦敦的大街小巷之中，慢慢长大。再过将近二十万年，她就会出现在一座空间站里，击退博士的宿敌戴立克。然后再过很多很多年，她又将目睹地球死去。

尽管那些故事都发生在未来，但却已是她的过往。

现在，她必须专注于眼前。她这究竟是怎么了？

罗丝猛地清醒了过来。她其实并没有睡着，只是完全陷入了沉思，有点儿迷迷糊糊的。那杯酒一定是让她放松得有些过了头！她想起自己和好友谢琳还是孩子时，两人准备偷偷溜出门参加丹尼·芬内尔的派对，便从她母亲橱柜里偷了瓶葡萄酒，想用来壮壮胆。结果两人喝完一杯便倒头就睡，不仅错过了派对，还被杰姬痛骂了一顿。

罗丝眨了眨眼。她早就不是十岁小孩儿了，现在这区区一杯葡萄酒怎么可能让她睡过去。所以，她为何突然如此困倦呢？

她强迫自己抬起头，看了看乌尔苏斯。

他就坐在长椅上盯着她，脸上的表情让她心里阵阵发凉。情况突然变成了《沉默的羔羊》[1]，她怎么这么笨？他们早就怀疑他是个疯子，不是吗？可她还是没心没肺地走进了陷阱，就为了让雕像顺利塑成，防止悖论发生。这可真是太蠢了。

乌尔苏斯站起身，向罗丝走来，轻而易举地从她手中拿走了酒杯，而她却毫无还手之力。当他在她眼前摇晃酒杯时，罗丝这才意识到了真相。他在酒里下了药，而她偏就那么配合。突然

1. 美国著名惊悚电影、小说，故事中的女性受害者被击昏后遇害。

间，罗丝感到一股令人窒息的恐惧涌上心头。

乌尔苏斯放下酒杯，从角落的杂物堆里拿起了一支长矛。一切就到此为止了吗？他要用长矛把她给刺死吗？罗丝绝望地想要动弹，却发现四肢已彻底失去了知觉。

然而，他并没有刺向她，而是扳开她的手指，让她握住了长矛。这又是怎么回事？

罗丝努力想利用这出乎意料的状况——囚禁她的人竟然递给自己一件武器！她再次尝试挪动，想将矛尖戳向乌尔苏斯那张丑陋得意的脸庞。

然而，她又一次失败了。

乌尔苏斯把她从长椅上拉了起来。她想反抗，却无能为力。他开始摆弄她毫无知觉的四肢，就像她只是亨里克百货商场[1]里的假人一般。

除了害怕，她还感觉受到了莫大侮辱。罗丝·泰勒，竟沦落为了芭比娃娃。

也不知这世上有没有战士芭比？因为就在此时，罗丝除了恐惧和羞辱，还感到格外地困惑。只见，乌尔苏斯从杂物堆里拿起了一顶金属头盔，小心翼翼地戴到她的头上。

这不太对，因为她所看见的雕像并没有戴头盔，也没有拿长

1. 在《神秘博士》新版剧集第一季第一集《罗丝》中，罗丝遇到博士前，曾在亨里克百货商场上班。

矛。这到底是怎么回事？

乌尔苏斯总算不再把她当作黏土一般摆弄了。虽然罗丝看不见自己的模样，但却能感到自己仰着头，一只手英勇地握着长矛，骄傲地站得笔直。那么……接下来又会发生什么？

雕刻家后退了一步，欣赏着她的造型。他的目光客观而冷漠，就像没把她当作是活生生的人似的。对他来说，罗丝不过就是一团等待揉捏成形的黏土。

她再次尝试说话，恐惧和挣扎一定是化作了力量，因为她发出了细小的声音，听起来就像是："不……"

乌尔苏斯皱起了眉，"别这样。"

这很好，不是吗？至少他对她说话了。关键就在于，要想尽一切办法让敌人意识到你是活生生的人。

他突然转过身去，罗丝的心中涌出一丝希望。他一定是改变了主意，不会对她做任何事……

然而，他只是走到房间一角，一把扯下了覆在某件物体上的布单，露出了底下的东西。

正如罗丝所料，那是一座雕像——一个帽子和鞋子上带有小翅膀的男人，就像国际花商联合会标志上的那样。不过，那人看起来似乎有些眼熟……那鬈曲的头发、俊俏的脸庞——不正是提洛吗？可他昨天还说模特工作尚未开始呢。

乌尔苏斯朝雕像露出了微笑。"他没给我制造麻烦，"他说道，“因为他知道美比生命更重要。”

罗丝惊恐得快要窒息。她不可能遇到这种事，这一定是场梦，还是那种双腿不听使唤，无论使多大劲儿都跑不动的梦。那些会说话的猫才是现实，而之后发生的一切都是一场梦——一场噩梦罢了。

然而，这场噩梦似乎永远不会结束。

尽管博士认为这里已经没什么线索了，但他还是花了整个上午的时间，摆出一副神探夏洛克·福尔摩斯的架势，积极开展调查。他希望罗丝能凭借探案直觉，从乌尔苏斯那里找到一点儿有用的线索，以弥补自己在庄园附近白忙一场的遗憾。格拉西里斯本打算对奴隶用刑，从而确保他们说的都是实话，但博士好说歹说，总算是让他打消了这一想法。

与许多人交谈后，博士越来越肯定只有乌尔苏斯知道真相。在跟格拉西里斯用过面包和奶酪的午餐后，博士决定去看看罗丝是否有什么新的发现。毕竟为艺术献身的模特也需要吃饭，于是他带了一些食物以作借口，向乌尔苏斯的工作室走去。

博士靠近马厩前的院子时，正好看见一辆车离开了。只见那车上放着一堆稻草，上面躺着一个包裹得严严实实的大家伙。他当然不会放过任何可疑之处，于是一路小跑，跳到了车上。

“喂！”车夫大吼了一声。

“不用管我！”博士喊了回去，“我只想看看你这拉的是什么。”说完，他就开始拆那件人形似的东西。

车夫随即停住车，跳了下来。“你在干什么？我是过来拉货的，”他绕到车后说道，“如果那东西坏了，肯定会怪到我的头上。”

“前提是如果我把它弄坏的话，”博士回答道，“而我一点儿都不打算破坏这——啊哈，这座迷人的雕像，从那带有翅膀的帽子来看，这位是墨丘利[1]，众神的信使。”

他重新包好雕像，拍了拍裹在布里的头，然后趁车夫跳上车的空隙从车上跳了下来。

“好了，不浪费你的时间了，”博士说道，“我敢肯定你是个大忙人，那是当然的，因为雕像又不会自己走到目的地，对不对？”他礼貌地挥了挥手，尽管经历了先前那一出，车夫还是忍不住露出了微笑。

然而，当博士往回走时，脸上却没了笑意。因为他认出了那座雕像。没错，那是墨丘利——但它是以活人为参考，而那个活人就是奴隶提洛。

问题就在于，乌尔苏斯不可能在此时就已经完成了提洛的雕像。无论如何，都绝无可能。

1. 即古希腊神话中的赫尔墨斯，带有翅膀的帽子和凉鞋是他的典型造型。

博士的脑中突然冒出一个极为可怕的想法。那想法可以解释乌尔苏斯为何能够快速完成雕像，而那些雕像为何又会如此栩栩如生；也可以解释他的工具为何从未使用过，而他的工作室又为何不见一丝大理石的灰尘。

博士惊得拔腿就跑。

乌尔苏斯又走回了罗丝身边，她依然动弹不得。他抬起一只手，抓住了另一只手的手套指尖，逗弄似的缓缓扯下了手套，然后扔在地上——有如一场令人毛骨悚然的脱衣舞表演。接着，他用牙咬住另一只手套，将其脱了下来。

“我这辈子唯一想做的，就是创造美。可众神却给了我这样的诅咒……”

他举起那双臃肿肥大的手，手指苍白而松弛，丝毫不像工匠那般布满老茧、灵巧紧致。

“这么多年来，我一直默默忍受着别人的奚落和嘲弄，却始终没有放弃。我向我的女神起誓，愿意为她献上祭品，请她赐予我渴望的力量。然后有一天，她真的显灵了。我对她说出了内心最真挚的向往——用石头创造美。而她也满足了我的愿望。”

他刻意放缓脚步，慢慢靠近罗丝，然后抬起了双手……

“现在，我得到了声誉和名望，不再受人怜悯。我母亲可以骄傲地抬起头，不时开心地向他人说起‘我儿子’。我得到了金钱，可以买到想要的一切，还可以报复那些曾经嘲讽我的人。但更重要的是……我拥有了美，拥有了创造美的力量。”

他向罗丝伸出一只手，仿佛要抚摸她的面庞。

这时候，她脑中闪过了一段回忆：有位躺在病床上的男人。博士说他得了石化病[1]。莫非她也得了石化病？是乌尔苏斯让她感染的吗？她到底会变成什么样？

她看见的最后一样东西是丰饶角——依旧默默地躺在角落那堆杂物里。

博士在马厩前匆匆停下脚步，那里还有一辆空车，正准备接收货物。他凝视着上锁的门，突然听见里面传来一阵声响——咕哝声，闷哼声，还有轮子的吱嘎声。随后，门一下敞开了，乌尔苏斯走了出来，还拉着一辆载有大理石雕像的小推车。雕像平放在车上，虽然博士看不清那究竟是什么，但心里早已有数。

他猛地扑向雕刻家，“你对罗丝做了什么？”

虽然乌尔苏斯十分强壮，但盛怒之下的博士足以撂倒任何人。他们缠斗在了一起，倒在地上不停扭打。博士仰面躺在地上，看见温妮莎偷偷潜行过来，手里还拿了只铜提灯。她高高举起提灯……

1. 在《神秘博士》新版剧集第二季第一集《新地球》中，罗丝与博士就见到了患石化病的曼哈顿公爵。

“趁现在，温妮莎！”博士大喊了一声，然后翻过身来，重新占据了上风。

随后，一切陷入了黑暗。

博士揉着脑袋坐起身来，被鼻孔里的稻草挠得打了个喷嚏。一头驴正好奇地打量着他。他四下张望，发现自己正躺在一座马厩里，肯定是有人把他拖到这儿来了。

他看见温妮莎蹲在一根柱子旁，瑟瑟发抖地盯着他。当他站起身时，女孩又往后缩了缩。

“我……对不起。”她尖声说道，听起来就像是老鼠的吱吱声。

“你拿东西砸我，”博士目光冰冷、语气愤怒地说道，“所以我没能救出罗丝。”

“我不是故意的！”她几乎哭喊着说道，“你突然动了！我本来想砸乌尔苏斯！”

博士眯起眼睛，“好，我姑且相信你。那罗丝在哪儿？他把她带到哪儿去了？”

“我没看见罗丝！”她倒吸了一口气，“只看见一座雕像。”

博士决定不去追究。“好吧，那乌尔苏斯在哪儿？”他追问道。

“我……我不知道。”女孩磕磕巴巴地回答。

“但我认为你知道，”博士说道，“温妮莎，我认为你知道的比你所表现出来的要多。温妮莎，告诉我，哈德良长城是什么？”

她看着他，瞪大了眼睛，似乎吓得不轻。

“说啊？”他催促道。

她几乎无法发出声音来，“是一道墙，分开了英格兰和苏格兰。”

博士扬起一只眉毛，“一道还没修建起来的墙，分开了两个好几百年后才会被命名的地方？”

温妮莎哇的一声大哭起来。

“其实，一听到别人介绍你，我就开始起疑了。”博士继续道，“‘温妮莎’，我承认，这名字听起来很有罗马味儿。玛西亚、克劳迪娅、茱莉亚、温妮莎……确实很对味儿。可聪明如我，正巧知道这名字是 18 世纪一位名叫乔纳森·斯威夫特的作家创造出来的。而你这样一个拥有未来名字的女孩，之前坐在桌边演算的其实是梅里克定理。哦，我知道占星推演应该是什么样的，也知道梅里克定理长什么样，你演算的绝对是后者而非前者。所以能否告诉我，一个至少来自 24 世纪的女孩，为何跑到公元 2 世纪来了？”他探出身子，对女孩吼道，“还有，罗丝怎么了？”

温妮莎满脸泪痕地抬起头来，颤抖而缓慢地从粗糙的羊毛丘尼卡里，掏出了一根黑色的小管子。她把手指对准管子一头的红色按钮，随即将其指向博士，“放我走，否则我开枪了！”

6

博士高高举起双手，“别开枪！请别开枪！求你了！”

温妮莎困惑地看着他扑通一声跪在自己面前。

“看在老天的份儿上，别开枪！”他喊道。

她犹豫不决地放松了手臂——博士抬起手，抽出了她握在手心里的东西。“谢谢。”他说道，“要扰乱敌人，这是诀窍。当然，我并没有把你当成敌人，也不认为你真的会开枪。”他低头看了一眼手上的东西，“因为你手上只抓了个网络电视的遥控器。”

她不禁露出一丝浅笑，“这是我从家里带来的唯一一样东西。我当时正拿着它……”她说到一半便停了下来，脸上滑过一滴泪珠。

博士立马站起身来，把温妮莎吓得又往后一缩。只见他坐到女孩身边的草垛上，伸出一只胳膊，友好地搂住了她。“我就知道你是从24世纪来的，”他举起遥控器说道，“这就是证据。所以，你打算告诉我实情吗？”

她摇了摇头，博士感觉她全身都绷紧了，于是松开手臂。

“很抱歉，我刚才不该对你大吼大叫，”他继续道，“我只是在为罗丝的事生气。不过话说回来，我怀疑她的遭遇跟奥泰托斯一周前遇到的相同，并且跟你没有任何关系——除非，这是你跟许多同伙一起精心策划的。如果这是个侦探故事，我可能真会考虑那种可能性，但实际上并非如此。而且，就算我没有卷卷的山羊胡，还是能看出哪个人是真的吓坏了。在罗马的那间公寓里，你是真的很害怕，对不对？”

她点了点头，但全身依旧没有放松。这时，她好像头一次开口了——真正作为一个人开口讲话，而不是一只受到惊吓的羔羊，“我已经害怕好久了。刚到这里时，我既害怕又困惑，当时好像是什么节日，到处都是人，是拜耳巴斯救了我，给我食物和水。可我说了些什么，我甚至都不记得究竟是什么了，总之就是说漏了嘴，他便认定我能预知未来了。”

“但你确实可以，”博士说道，“而且非常准确。”

“呃，是的。然后他就污蔑我是出逃的奴隶，说我会被处死，除非愿意替他工作。所以我就只能服从，并且倾尽全力。我从前常看杂志的占星专栏，也学过天文学。我以为这些知识能保我平安，直到……”

博士严肃地看着她，“直到什么？”

她淡淡一笑，“直到我回家的那天。”她的微笑很快就消失了，“但情况实在太糟糕了，因为我历史学得并不太好。我曾经警告人们远离庞贝，但很明显，那件事已经过去了很多年。我还担心自己不小心说出未来皇帝的名字，会被指控谋反然后处死。不过，总有像你朋友格拉西里斯那样的人，他们急需希望和帮助，而我却只能给他们谎言，靠榨取他们的痛苦为生。拜耳巴斯则始终在边上冷眼旁观，利用我的预言变得越来越富有。”

“先知先富。”博士调侃道。

温妮莎又笑了笑，“然后你和罗丝就来了。我当时就知道，你们不是普通的罗马人。”

博士谦逊地耸了耸肩，“好吧，我承认自己走到哪儿回头率都很高，这是我人生的一大负担。”

“我当时很害怕，因为不知道你们究竟是什么人。但我实在太想逃离拜耳巴斯……然后罗丝就跟我说话了，她看起来是个好人，可我不敢对她说任何事情，以免……”她抬起头，用恳求的目光看着博士，“你能带我回家吗？求求你，行吗？”

“那你的家又在何处呢？”博士问道，“何处……以及何时？”

温妮莎深吸了一口气，“我来自地球，其实就是撒丁区，离这里很近——虽然隔了很多很多年。我离开时是2375年。”

博士瞥了她一眼。他知道2375年的地球、意大利的撒丁区，人们还无法做时间旅行。所以，那又是一个谜题。

“那你具体是怎么来到这公元120年的罗马的？我猜，那比回家拐错弯要复杂一些吧。”

女孩并没有回避问题，而是彻底忽略了它。“你能带我回家吗？”她重复道。

博士决定暂不去追问。他摇了摇头，说道：“暂时不行，我得先找到罗丝。”

“可她一定就在工作室里，”温妮莎对他说道，“我整个早上都在盯着，她从没离开过。”

博士知道事实并非如此，可他还是决定让自己奢望片刻。“好吧，”他说道，“我们去看看。”

工作室的大门依然敞开着。他们找遍了每个房间，却一无所获。这里没有罗丝，没有提洛，没有雕像，也没有大理石的灰尘。博士扑向桌上摆着的一张草纸，可上面只有难以辨认的潦草字迹：“一座雕像，运往罗马”，然后是一个签名——难道是车夫留下的收据？博士扔下草纸。

“我不明白，”温妮莎说道，“她去哪儿了？”

“我也不知道！”博士最可怕的噩梦成真了，他再也无法逃避自己得出的结论，“乌尔苏斯搬出来的雕像，你看见没？”

“看见了，”温妮莎说道，“那是罗丝的雕像。”

“但那不可能。”震惊和愤怒让他几乎无法忍住颤抖。

温妮莎紧张地伸出手想要安慰他，但博士把她推开了。“那它究竟是什么？”她惊恐地问道。

“那不是罗丝的雕像，那就是罗丝，也就是博物馆里的罗丝。”博士定定地站了一会儿，仿佛自己也变成了石头。接着，他挺直身子，傲然地望着温妮莎。他不会输给恐惧，也从未输给过恐惧。“我们要找到她。”他说道。

博士让温妮莎等在这里，自己先回房间去取东西。此时此刻，他暂时想不到音速起子能起什么作用，但他需要掌握一切有利的因素。

音速起子就放在那里，但旁边多了一样东西，好像是布做的物件。他拿了起来——原来是个小巧的束口袋，正好可以放下一把音速起子，里面还留了张纸条：

亲爱的博士

非生日快乐！你一定不知道我会做针线活儿吧，是玛西亚教我的。

爱你的罗丝

博士将纸条揉成一团，再也无法抑制内心的悲伤、愤怒和无助。他把束口袋仔细绑到了腰带上，然后便出发去找他的朋友。

博士大步走出房间，沿着小径向庄园门外走去，温妮莎慌忙地追了上去。小径上随处可见一摊摊的淤泥，轻易就能辨认出马车的痕迹。博士循着跟了上去。

“我们该不该……告诉什么人？”温妮莎追赶着博士的脚步，气喘吁吁地问道。

“没时间了。”博士短促地回答道，丝毫没有放慢脚步。

但他很快便停了下来。小径并入了一条典型的又长又直的罗马大道。所有人都知道，条条大路通罗马，但却很少有人提及，那也意味着条条大路都能远离罗马。

博士扑通一声趴在地上找起了车辙。“这里，”没过一会儿，他说道，“一辆车往左转了。”

但温妮莎也在一起找。“我觉得还有一辆向右转了。”她说道。

博士站起身来，走到女孩身边。“见鬼！”他说道，“我们得找到车辙交错的地方，弄清楚哪一辆先来。”

可他们最后却一无所获。

“对了！”博士在第三次察看一片干燥无痕的路面时，猛然跳起来说道，“我们得合理分配资源。”

温妮莎忧心忡忡，似乎有些困惑。

“我是说，”博士解释道，“你走一边，我走另一边。咱们分头找线索，问路人，尽可能多做调查。”他抬头往天空望去，用手挡着阳光，“等太阳落到——那个位置，”他边指边说，“你就回到这里来找我。”

“可是……我该往哪边走？”

博士想了想，“我跟罗丝是三月十五日到的这里，那就意味着……”他掰着手指数了数，“马上要到五日节了。对，拜耳巴斯提过这事儿，这节日是为庆祝密涅瓦三月十九日的生日，所以她是双鱼座，”他笑着补充道，“而且，密涅瓦是——”

“艺术与工匠的女神。”温妮莎知道他想说什么，于是接过了话头。

“每年这个时候，她的信徒都会带来贡品，”博士继续道，“我说的可不是一束水仙花或一盒巧克力。如果我没记错，人们会聚集到她那位于阿文提诺山的神庙里。所以乌尔苏斯可能会把她拉到那儿去。”

温妮莎点了点头，“你说的有道理，所以他才打算把罗丝带到罗马去。”

然而，博士却摇了摇头，“先别太早下结论。我们发现了两道车辙，分别前往两个不同的方向。同时，我们手头还有一张可能是车夫留下的收据——要把一座雕像运往罗马。那么，完全有可能是另一辆车去了那个方向。”他说完便闭上眼睛，伸出一只手，在原地打了个转。随后，他停了下来，睁开眼看见自己指向了右侧——通往罗马的道路。“我走这边，你走那边，好吗？”

博士并没有给她时间回答，说完便匆匆上路，朝着罗马的方向一路小跑而去。

太阳缓缓爬上天空，博士一个人也没碰到。今天的天气在三月里还算暖和，可能人们都还在午睡。他时不时就能看到一些车辙，但那毫无意义，因为它们可能来自任何一辆车。放弃不是他的天性，但做毫无希望的计划也同样不是。他要回到庄园，看看温妮莎是否走运有了新线索；或是去找格拉西里斯，请他借一辆车给自己——大车小车都行，哪怕只给一头驴也行。

最后，他徒劳地看向远处，仿佛罗丝会凭空出现。片刻后，他转身走了回去。

博士比温妮莎先回来，因为路边和通往庄园的路上都看不见她的身影。他正准备走进大门，却瞥见林子里闪烁着白光。那是奥泰托斯的雕像。

他心里一沉。那是奥泰托斯的“雕像”。

他走进小树林，毫不惊讶地发现格拉西里斯和玛西亚也在那里。两人对他微微一笑，却难掩悲伤之情。

“博士，你一定觉得我们很傻，太过情绪化，”格拉西里斯说道，“但看着这尊雕像，让我们感觉他仿佛就在身边。”

博士点了点头，走到雕像旁仔细打量了一番。随后，他轻轻抚过雕像的右臂。“这里有个鼓包，”他说道，“就在这里。”

玛西亚凑过来看了一眼。“奥泰托斯摔断过手臂，”她说道，“有一回，他从树上跌了下来。医生给他正过骨，但恢复得不太好。”

“没想到乌尔苏斯还会注意到这种细节……”博士暗示了一句，但并没有再说下去，因为他不能让两人知道真相。

他又站了一会儿，静静地看着雕像，随后突然说道：“罗丝不见了，她现在有生命危险，我们可能已经晚了。”

格拉西里斯倒抽了一口气，玛西亚则仿佛马上要晕倒。

博士继续道：“我想，她正在前往罗马的路上。格拉西里斯，你能把我送到那里去吗？”

格拉西里斯热切地点了点头。

博士转身对玛西亚说道：“温妮莎在帮我寻找罗丝，可我不能再等她了。如果她回来，你能派人送信过来，告诉我她有什么发现吗？”

玛西亚也点了点头。

“那好，不能再浪费时间了，”博士说道，“我们这就出发吧。”

博士不止一次后悔让塔迪斯停在了罗马的某条偏远小巷里，驴车要走上一天多才能到达那个地方。格拉西里斯坚持要跟他一起去，于是博士只能焦急地等待他跟夫人道别、打包水和干粮。有些人似乎完全不明白，一秒之差可能就意味着生死相隔。

格拉西里斯依旧希望能在罗马找到奥泰托斯的下落。博士并没有告诉他，最好的线索就在他自己的庄园里。但他最后还是坦言乌尔苏斯可能就是罗丝失踪的罪魁祸首，除此之外，他没有透露更多信息。

每走一段路，博士就会跳下车去察看车辙，或是找附近田里干活的农民打听，但没有得到任何满意的答复。夜幕降临后，他们来到了一座驿站，而博士并不打算在这里过夜。

格拉西里斯提出了异议，他跟博士一样希望尽快赶到罗马，但毛驴需要休息。

“那我就走路过去。”博士坚定地说道。“但乌尔苏斯也可能在这里休息。”格拉西里斯的回答让博士暂时停下了脚步。

片刻后，博士又走了起来，但目标已经转向驿站，“很好，我们就照你说的做。”

两人刚走进驿站，博士就马上堵住了老板，向他描述起了乌尔苏斯的外貌特征。可无论他问多少次，老板都表示从未见过那位雕刻家。

随后，格拉西里斯叫了一杯酒，博士则在房间里来回踱步。

突然间，他灵光一闪。“你这里是驿站，那肯定就有驴。甚至有更好的——马！”他对老板说道。

老板恭敬地弯下身子，“我们这儿确实有，先生。”

“那我要租你们这儿最快的马，现在就要，麻烦你了。”

老板再次恭敬地弯下了腰，请求博士原谅，因为他实在无法满足这个要求，“我们的马都还没休养好，不适合做长途旅行。”

博士瞬间愁容满面，但还是强忍住急躁的情绪，终于同意坐下来跟格拉西里斯吃顿饭。

就在快吃完的时候，门外突然传来一阵蹄声。片刻后，有人一把推开了大门。只见一个外表高傲、年约四十的男人走了进来，高挺的鹰钩鼻直指天空。他打了个响指，老板便快步迎了上去，还任由他把一杯正要端给格拉西里斯的酒，从一名奴隶的手中拿走了。

格拉西里斯顿时火冒三丈，愤愤不平地鼓起胸膛，但博士抬手拦住了他即将脱口而出的气话。

“你好，”博士爽朗地打了声招呼，跳起来向刚来的那人伸出一只手，“你似乎挺口渴的，赶了一天路？”

男人鄙夷地盯着博士，打量着他身上朴素的丘尼卡、异于罗马人的鬓角，还有那不卑不亢的笑容。他并没有同博士握手。“我是卢修斯·埃利乌斯·鲁弗斯，奉皇帝之命，从高卢来办点儿事。”他傲慢地说道。

格拉西里斯吃了一惊，他明显听说过这个人。

“高卢，嗯？”博士说道，“哦，蛮荒之地。不过风景倒是不错。”

鲁弗斯并没有理会他，“我只是在这里等待换马，然后便会继续上路。”

博士竖起了耳朵。“换马？”他说道，“恐怕你不太走运啊，这里没有可换的马了。”

“胡说，”鲁弗斯回答，“都已经准备好了。”

博士转头盯着老板。那可怜人像尤赖亚·希普[1]一样缩起了脖子，再次请求博士原谅，还解释说他们早就知道这位阁下要来，所以把最后的马匹都留给了他。老板非常抱歉自己先前的话让博士产生了误会，但他并非要刻意冒犯。

“知道了，知道了。”博士温和地说着，不顾鲁弗斯毫不友善的目光，在他对面坐了下来。“如果你不能在这儿过夜，那一定是有非常要紧的事儿要办。”他说道。

“当然了。”那人漫不经心地回答。

“是生死攸关、对人类贡献巨大的事儿吗？”

“无可奉告。”鲁弗斯说完便转过头去，希望博士别再去烦他。

“但你至少可以告诉我，究竟是不是生死攸关吧？”博士追问道。

男人愤怒地握紧酒杯，一口气喝干了里面的酒，依然一句话也没说。

---

1. 英国文豪狄更斯在其长篇小说《大卫·科波菲尔》中塑造的人物，是个阴险虚伪的小人。

“既然你不说，那我就当是默认了。”博士说道。

他站了起来，向格拉西里斯走去，随后在他朋友的耳边低语道：“你尽量追上我，顺便别让他对看马人太过分了。”说完，他就悠闲地晃到门外，留下格拉西里斯困惑地看着他的背影。

几分钟后，门外的大道上传来了渐行渐远的马蹄声。鲁弗斯过了好一会儿才反应过来，但等他追出去时，马和骑手早已变成远处的一个小点儿了。

7

博士赶在十九日——也就是五日节——的早晨抵达了罗马。他穿过条条道路，径直前往阿文提诺山。虽然疾行了一晚，他却一直没碰到乌尔苏斯的车，也没在沿途驿站发现他的踪迹。不过，博士才不会因此气馁——他希望那人已经到达了罗马。

第一站就是艺术家的守护神密涅瓦的神庙了。当他到达时，门外正聚着一群人，博士一边挤进去，一边同周围的人闲聊。

“密涅瓦真棒，对不对？”他不断对身旁的信徒们说道，“对了，你看起来像位艺术家，认不认识一个叫乌尔苏斯的雕刻家呢？”

然而，没有一个人认识他。他们倒是都知道有这么个人，但乌尔苏斯明显不是那种处在艺术圈中心的人物。他从不加入闲聊，也不与人交换想法；从不推荐供货商，也不带徒弟。他的雕刻技术备受赞誉，可那迅速攀升的名气却未能转化为人气。他在不足一年内便声名大噪，这让那些熬过了多年学徒生涯的人大为不悦，他们感觉受到了威胁，气急败坏地对其冷嘲热讽。

所以，博士打听到了许多关于乌尔苏斯的消息，但唯独无法得知他身在何处。

他拒绝就这样心灰意冷，于是如风一般地奔走于罗马城内。他挨个走遍了所有神庙，却空着手不带祭品，也丝毫不敬重风俗。这让每个见到他的人都疑惑不解，不明白他究竟是最虔诚的信徒，还是最无礼的恶棍。博士还走遍了酒馆和小吃店，近乎贪婪地喝着蜂蜜酒，吃着热馅饼，打听各种传闻。“我知道哪儿有一座乌尔苏斯的雕像。”某人说道，然后博士就会匆匆穿过罗马城，而找到的却只是一座维斯塔或芙罗拉[1]的大理石雕像。那些栩栩如生的雕像总会让博士感到满腔怒火。他很肯定乌尔苏斯的“天赋”是什么，也很肯定没有任何雕刻家能仅凭锤子和凿子，就在不足一年的时间里创作出这么多艺术品。

夜幕已经降临，博士仍未找到乌尔苏斯、罗丝，或是任何线索。可他依然不愿停止寻找。

后来，他来到一座尚未踏足的圣殿。这座圣殿很小，不像他白天去过的那些神庙般辉煌。然而，这里却是专门供奉福耳图娜女神的圣殿。要寻找一座福耳图娜的雕像，还有比这里更合适的地方吗？相信这位幸运女神定会给他带来好运！

圣殿里没有祭司，这便是他幸运开始的征兆。博士深吸一口

1. 分别为古罗马神话中炉灶与家庭的守护神，以及代表春天与鲜花的花神。

气，然后走了进去。

只见圣殿深处矗立着一座福耳图娜的雕像，他的心跳开始疯狂加速。她跟大英博物馆里那座雕像的姿态相同，同样捧着丰饶角，骄傲地目视着前方。但她并不是罗丝，甚至不是一座崭新的雕像。眼前的这尊大理石已然褪色，失去了光华。

“罗丝比你好看多了。”博士对雕像说道。

“谢谢。”雕像回答道。

当然，说话的并不是雕像，那声音来自雕像背后。但不管怎么样，这里一定暗藏玄机。博士正欲上前调查，却发现自己踩到了一只从雕像后面滚出来的小玻璃瓶，里面装满了翠绿色的液体。他拾起瓶子后，刚才那个声音又出现了：“它能让罗丝……和其他人恢复原状。你们要歌颂我……我就是福耳图娜……”

博士又向前走了一步，却突然听到身后有人撞开了门，紧接着便传来了气喘吁吁的声音：“博士！博士！”

他转过身去，看见格拉西里斯跌跌撞撞地走了进来。“谢天谢地，我总算找到你了！”他急喘着气儿说道，“我是来警告你——”

然而，有人打断了他。那人正是卢修斯·埃利乌斯·鲁弗斯，驿站碰到的那个男人，他率领几名武装卫兵大步走进了圣殿。

“就是他！”鲁弗斯指着博士咆哮道。博士回头看了一眼雕像，依旧满心疑惑，可他最后还是转回了头，眼看着鲁弗斯的人冲上来抓住自己。

“恕我直言，”博士用略带谴责的口吻说道，“你不该在神庙里做这种事。我想这就是人们所说的亵渎神明吧，或者叫大不敬？我永远也分不清这两个词有什么区别。反正就是其中之一。”

但卫兵并没有理会他，而是将他往门口拽。

“我们这是要去哪儿？”博士若无其事地问道。

鲁弗斯露出一颗金牙，笑了起来，“去剧场。”

博士也还以微笑，“出去玩儿！是个好主意，不过，只要有一顿两人独处的晚餐和亲密的交谈就足够了……”

这时候，一名卫兵扇了他一巴掌，博士踉跄了几步。但令他惊恐的是，玻璃瓶竟从手上滑脱了下来。他想挣开，可那几个人十分强壮，而他又因刚才那一巴掌还有些眩晕。“格拉西里斯！”他大声喊道，但他们已经走出了圣殿。经过这番折腾，卫兵又赏了博士一巴掌。

他不仅一步步深陷危险之境，同时也渐渐远离了拯救罗丝的关键之物，甚至还因此无法调查今天遇到的最大疑点——为何会有人在一座古罗马的神庙里，隔着明显像是声音合成器的东西对他说话？

博士很快就发现自己正被带往何方。眼前隐约出现了一座巨大的圆形建筑，看上去足有三十个他那么高，全由雪白耀眼的石头堆砌而成，这让他不禁想到罗丝可能会面临的命运，心情猛地沉重起来。建筑的底层有十几座拱门，虽然暂时看不见人影，但博士知道，这里有时会挤满成千上万的人，迫不及待地涌入那些拱门，只为看到一场鲜血淋漓的表演。

这里就是弗拉维安圆形剧场，日后将以罗马斗兽场之名闻名世界。人们在这里相互角斗、挑战猛兽，还见证了数以千计的血腥处决。

“我们这是要欣赏表演吗？”博士饶有兴致地问道，“不过，我们好像来错日子了。今天并没有什么动静，所以可能得下次再来了。”

“五日节不可见血腥。”一名卫兵告诉博士。

“啊，好吧，很高兴得知此事。既然如此，不如你放了我……”

男人立马露出了令人不快的笑容，“不过，等我们明天为战争之神玛尔斯庆祝时……”

博士叹了口气，他已经感到十分厌倦，于是猛地绷紧身子、站稳脚跟，让猝不及防的卫兵都失去了平衡。紧接着，他双臂往下一拽，挣脱了卫兵的束缚，让他们目瞪口呆地站在原地。

“别担心，先生们，我自己能找到回家的路。”他一边说着，一边迅速远离了卫兵的追捕……

但却撞进了身后两人的怀里。

看来，他今天其实不太走运。

两班人马轮换过后，博士又被拖走了。这一次，他们穿过一扇门，来到一间散发着恶臭的阴森地下室。

看守他的两人与此地的基调颇为和谐：其中一人又矮又胖，脸上有道弯曲的伤疤从眼睛一路斜到嘴角，这让他始终带着一副小丑般邪恶扭曲的神情。另一人则十分高大，长着一张长长的脸，还顶着一头油腻的黑发。两个人都散发着汗液的臭味儿和悲惨的气息。

博士认出了这里——虽然并非这一特定的地点，可他曾经身不由己地造访过许多跟这里类似的地方。那潮湿的墙壁、阴暗的环境，还有令人恐惧的刺鼻气味，一定就是一座地牢了。

“哎，我还没受过审判呢。”他与脸上有疤的人攀谈道。别人都管他叫赛姆斯。

“你不在场时就搞过了。”男人回答道。

“真的？如果我没记错的话，借走一匹马可罪不至死啊。我的知识可能比较过时了，也有可能太超前了，不过，我感觉用一句‘抱歉，有点儿小误会，这几文钱就当给你赔罪’应该就足够了。”

“我们可不是制定法律的。”高个儿弗拉库斯说道。

“对，不过卢修斯·埃利乌斯·鲁弗斯是。”赛姆斯直言道。

两人似乎觉得这番话说得十分机灵，高兴地哼笑了起来。

“啊，”博士说道，“我猜那位先生是位地方执政官？那种贪婪腐败、渴望权力、自视过高的官员？”

两人闻言哈哈大笑起来，博士便将其理解为一种赞同了。

“我要求见一个人，”他说道，“职位高于鲁弗斯的人，比如罗马皇帝。如果我能拜见皇帝……”

此时，看守博士的两人已经笑得不能自已，甚至有些站立不稳了。

“拜……见……皇帝！”弗拉库斯喘着气儿说道，“好，我们给他捎个信。他晚上经常来这儿看我们。”

“哦，那可真是太好了，”博士说道，“哦，等等，你们是在讽刺我吗？因为那明显会帮我一个大忙。告诉我，你们是否接受过社工方面的培训，还是说你们天生就乐于助人？”

此时，他们已经来到了走廊的尽头。这里只有一支忽明忽暗的火把，火光反射在前方的金属栏杆上，在黑暗中闪着微光。赛姆斯放下博士的手臂，掏出一把大号的金属钥匙打开了门。

弗拉库斯则一把扯掉了博士腰间的束口袋。

“不！”博士大喊道。

“没什么‘不’的，”弗拉库斯嘲讽道，“反正这对你也没用了。”随后，他用力一推，博士便踉跄着跌进了牢房里。

“这是个彻头彻尾的冤假错案！”

可他们并没有理会。赛姆斯轰然关上门，然后又落下了锁。

一般情况下，博士完全不会担心，因为任何锁都挡不住他的音速起子。然而这一次，音速起子放在了他腰间的束口袋里，而他的束口袋——罗丝亲手做的束口袋，却在牢门的另一头，在赛姆斯湿滑、肥胖的手里摇晃着，渐渐远离了他的视线。

博士转过身去，这才发现他并不是一个人。火光映出了一双双眼睛，却全然看不见眼睛主人的脸，俨然一幅万圣节卡通片的画面。他往里走了几步，这才看到——那是一张张绝望的面孔，而且几乎没有察觉到他的到来。

他坐在冰冷的石头地板上，对周围笑了笑。他不确定这些人能否看到，或着就算看到了又是否在乎。“你们好，”他说道，“我是博士[1]。”

片刻寂静之后，黑暗中传来一个声音：“那你能治愈钉刑留下的伤吗？”

“对，还有火刑的伤？”另一个声音问道。

“你们不觉得，这些事情防范大于治疗吗？”博士平静地回答。

这番话引发了众人不满的窃窃私语。

随后，一个更加理性的声音说道：“我们明天都得死，无路可逃。大多数人甚至是自愿选择了这种死法。”

1. “博士”和“医生”在英文中都可用“doctor”表示，而塔迪斯将其翻译为拉丁语“dottore”也同样有这两层含义，所以容易产生误解。

“与其被扔到矿井里慢慢受折磨而死，倒不如痛快一点儿。”又一个声音说道。

“对，所以你别怪我们不够好客。既然明天有可能要杀掉彼此，那现在交朋友又有什么意义呢？”

“哦，这可不好说。”博士回答，“我觉得交朋友永远不是件坏事，你们说呢？我又没指望跟你们一起玩沙包，或者听你们讲述自己有趣的故事。就权当说说话吧。比如，你们明天为什么要杀掉彼此？”

几名听众发出了难以置信的嗤笑声。

“你脑子有问题吗？”

“他一定是异乡人。”一个较为和蔼的声音说道，“伙计，这儿的规矩就这样。我们不知道自己到底会怎么死，但我们注定会死。或许是给活活烧死，或许是在十字架上钉死，又或许是沦为野兽的餐食，或者不得不角斗至死。而唯一的活路，就是不停地厮杀，一直杀下去，在绝望中指望观众能对你印象深刻，甚至希望你最后免遭处死。这就是活着离开这里的唯一办法。”

“看起来机会不大啊。”

“对，但总比完全没有机会好。”

博士的声音充满悲伤，“活着就有希望？我又怎么能说那是错的呢？”他顿了顿，“但尊严何在？为何不主动拒绝这场血腥的表演？为何不团结起来，拒绝战斗？”

“那样一来，我们便会被就地处死，毫无生还的希望。还从未有人成功逃离这里。”

虽然没人能看到他的表情，但博士还是忍不住笑了起来，“那今天就是你们的幸运日了。因为，挑战不可能正是我的专长。”

博士给那四位爱说话的牢友分别起名为约翰、保罗、乔治和林戈[1]。除他们以外，地牢里还有其他人：他们有男有女，有自由人，也有奴隶，但谁都不愿与他人说话。这里关着好几百号囚徒，只待明天在血腥的游戏中登场。其中有许多人都曾是过往游戏的积极看客，因此也知道自己即将面对怎样的命运。

“他们从未想过要放走任何人，”乔治坦言道，“游戏不是那么玩儿的。每个人都渴望鲜血，而你也会自然而然地跟着咆哮。”

“记得有一次，”保罗说道，“有个男的，是名音乐家，他以为自己是去给观众演奏音乐的。结果演奏到一半，他们把猛兽给放了出来！他还以为是谁弄错了，满场乱跑着想让他们把他放出去。但他们当然不会那么做，于是他就想用音乐来催眠猛兽，还以为自己能够比肩前往冥府的俄尔普斯[2]！”

“那他成功了吗？”约翰问道。

“没有。我猜，咬死他的那头狮子对音乐根本没兴趣。”

---

1. 均为甲壳虫乐队成员的名字。
2. 古希腊神话中，俄尔普斯曾用琴声打动冥王，让自己的爱人重获生机。

约翰也分享了他的趣事。“有一次，他们抓来了两个盲人，”他说道，“一人发了一把剑，就让他们开打。他们胡乱挥剑，根本不知道发生了什么事儿。偶尔有一方运气好，能削掉一块耳朵或别的什么。简直是太可笑了。”他略微顿了顿，“不过，现在看来就不怎么好玩儿了。”

“确实不好玩儿，对不对？”保罗赞同道。

乔治和林戈也咕哝着表示同意。“那我们聊点儿别的吧。”博士建议道。

一些囚徒睡着了，但博士整夜都很清醒。狱卒偶尔会过来巡视，博士便抓住每一次机会告诉他们，自己是被非法拘禁于此的。然而，他们每次都只会回以大笑。

就连时间感极为出众的博士，都很难确定第二天究竟何时降临。整座地牢都笼罩在永恒的黑暗中，只有牢门外的那支火把勉强充当了太阳和月亮。到最后，唯有声音而非亮光惊醒了所有人——外面传来了一阵阵怒吼和咆哮。

“他们在准备猎兽游戏，”乔治解释道，“也就是惯常的开场秀。”他已认定博士不是罗马人，便主动向他解释起了习俗，“他们这儿有许多稀奇的猛兽。不过，既然你从国外来，可能已经在家里见过其中一些了。”

“他们这儿有豹子、雄鹿，还有些特别高的、叫长颈鹿的玩意儿。”

“还有大象，别忘了大象。”

博士握紧了拳头。“你们知道有多少物种会因为这游戏而灭绝吗？”他愤怒地喊道，“老天爷，你们人类到底是怎么回事？觉得自己是这星球上唯一有价值的东西，觉得自己可以恣意破坏大自然，就为了炫耀某种优越感。你们能理解这里发生的事意味着什么吗？”随后，他迅速冷静了下来，因为愤怒已化作悲痛，“不，或许你们无法理解。而我猜就算你们能理解，也不会去在意的。”

“他一定是异乡人，”片刻后，林戈得出了结论，“要不然，就是个疯子。”

“嗯，异乡人。”其他人赞同道。

过了一会儿，他们又听到另外一些声音从远处飘来。先是音乐声，然后是人群的欢呼声。随着观众数量的增加，喝彩声也越来越热烈。

“他们会把野兽赶到笼子里，”乔治解释道，“然后把笼子拉到地面上。斗兽场内已经准备好树木和山丘之类的布景，驯兽师会用烧红的烙铁把野兽从笼子里逼出去。他们会制造一些恐慌，让野兽满场乱跑，然后便开始猎杀。有的猛兽会互相残杀，那没什么，但最后驯兽师会把它们都解决掉。我曾经亲眼看见一个人徒手杀死了一头老虎。”他意犹未尽地说道。

他们静静地倾听了一会儿。随后，动物的咆哮声渐渐变弱，人群的欢呼声则猛地响彻高空。

“结束了。”约翰推测道。

“那接下来是什么？”博士问道。

“接下来？首先，他们会把动物的尸体清走，那会花点儿时间。”

“然后呢？”

“然后，就是我们了。轮到我们去送死了。”

8

博士一拳砸向牢门，“我不过是借了匹马，简直太荒谬了！”

林戈嗤笑一声，“你觉得那很荒谬？那看看我吧，一个老实巴交的艺术品商人，从没说过自己卖的是希腊艺术真品，可我管不了别人怎么想呀。结果呢，我就突然到了这里，准备去见普鲁托[1]。”

这番话显然引起了周围人的共鸣，“他们抓我的理由还算正当，”乔治安静地说道，“但唯一的问题在于，那不是我干的。”他停下来想了想，然后继续道，“我做的馅饼在全城数一数二，人们会跑老远的路专程来买。然后有一天，一位公子哥儿走了进来，看上去好像打过一架，而且醉得几乎站不起来了。他到处炫耀自己的钱袋，我就给了他一块馅饼，并问他要不要叫医生来。结果一转眼的工夫，他就倒在地上，死了。”

“我想，我能猜到这事儿的后续发展。”博士说道。

---

1. 古罗马神话中的冥王。

乔治吸了吸鼻子，“他们都说是我把他给毒死了，但是他根本就没碰那块馅饼，而且进门时已经是半死不活的了。他们还说我是为了钱，可在我忙着救他的时候，几名恶棍早就把那钱袋抢走了。我朋友都说我是无辜的，可他家很有钱，所以我毫无希望。”

“我很遗憾。”博士喃喃道。

他们又陷入了一阵沉默。随后，一串脚步声渐渐靠近牢房，所有人都僵住了。当然，博士除外。

“记住我刚才说的，”他对其他人说道，“如果我们团结起来，谁说不能成就一番大事呢？”

“首先，我们可以成就死亡……”保罗说道，“好的，好的，知道了，值得一试。”

“好了！”门外的人喊道，同时牢门开始吱嘎作响。

有人举着一支火把来到门边，隐约照亮了博士那四位朋友的脸——蓄着胡子的约翰、身材魁梧的保罗、眼神忧伤的乔治和体型瘦削的林戈。火把还照亮了赛姆斯那满脸的讥讽，然而，举着火把的他却说出了令人吃惊的话：

“那个一直说自己是被非法拘禁的人在哪儿？”

博士站起来，走上前去。“你找我？”他草草应了一声，“有事儿吗？”

他勉强能看出赛姆斯扬起了眉毛，“瞧瞧，专门来放你出去，这就是你说话的态度？”

“可不是嘛，赛姆斯，”弗拉库斯站在他身后，举着地牢钥匙说道，“我敢说，他就是个不知好歹的坏蛋，我们做了这么多，他却一点儿都不领情。”

“什么？”博士十分困惑。

“先生，你肯定认识很多有钱有势的朋友，”赛姆斯说着，用钥匙打开了门，“我们得到通知，说这是个天大的误会，要马上释放你。我相信，鲁弗斯还准备亲自向你道歉呢。”

格拉西里斯！博士心想。他在罗马有门路，一定是他上下打点好了事情。博士顿时对老人充满了感激。

“好。呃，很好。让我再跟我的朋友们说几句话……”

“没时间了，先生。”弗拉库斯告诉他，“我们可不敢让您这样的贵人跟一帮犯人待在一起。”赛姆斯牢牢抓住博士的手臂，把他带出了牢房，显得比之前客气了不少。

“记住我的话！”博士转头喊道，“团结起来！”

两人带他穿过昏暗的走廊，走到一间摆着一张桌子的凹室，桌上摆着几瓶酒和几个骰子。这里明显是狱卒的私人空间。除此之外，桌上还有另一件东西——一只小布袋。博士跳过去一把抓了起来。

“这是我的吧。”他说道。

赛姆斯耸了耸肩。博士凭手感就能猜到，他们把袋子里的大部分硬币都拿走了，但他并不打算计较，毕竟他们留下了最重要的东西——音速起子。博士不禁猜想着狱卒以为这是件什么东西。

他们并没有沿着昨晚的路往回走，而是去了另一个方向。斗兽场内传来的声音越来越大，他顿时为留在地牢里的那些人感到愧疚不已。尽管曾鼓励他们，但博士心里明白，他们中间大概没有人能与家人团聚了。

“这是谁安排的？”他问狱卒，“是格拉西里斯吗？”

“格拉西里斯？”赛姆斯回答道，“对，好像就叫这名字，你说呢，弗拉库斯？”

“我觉得应该是，”旁边那人应和道，“那位格拉西里斯，可真是位好朋友。”

“确实是。”博士说道。

“事实上，我想他就在外面等着你呢。就在上面，先生。”弗拉库斯指着一道斜坡，坡顶上是一扇门。

三人走上斜坡，赛姆斯打开了门，然后，昨晚不愉快的经历又再次上演，博士发现两人将自己猛地往前一推。紧接着，门在他身后轰然关闭，另一头传来了两名狱卒的大笑声。

格拉西里斯并没有在这里等他。

事实上，没有任何人在这里等他——除非你把周围正在欢呼的上万名罗马公民给算上。

此时，博士已置身于斗兽场的中央。

斗兽场很大，比一块足球场还要大。地面上覆盖着一层细软的白沙——用来吸收即将遍地横流的鲜血。四层高低错落的座位上挤满了不停嘶吼的罗马公民。一堵顶部安装有护栏的大理石围墙将最前排的观众与现场分隔开来。博士在第一排的座位上看到了一脸满足的卢修斯·埃利乌斯·鲁弗斯。

时间领主环视着整座斗兽场，他在寻找任何对自己有用的东西。他能与最出色的战士比试剑术，可此时他的手上并没有剑，也没有任何武器。斗兽场里布置了几棵树，虽然博士并不指望它们能提供多少保护，但还是跑向了其中一棵。

人群中传来愉快的尖叫声，斗兽场边缘的一扇活板门打开了，紧接着，又有几扇门接连打开。野兽缓慢且不情愿地走了出来，有狮子、老虎、狗熊……

“哦，老天！”博士眼看活板门砰的一声关上了。

那些野兽都瘦得皮包骨头，毫无生气，几乎快要饿死了。它们暂时还不想发动进攻，但博士知道那只是时间问题。经过之前的厮杀，斗兽场内还残留着一丝血腥的气息。很快，那些野兽便会用捕食者的目光来打量他。但如果它们还是有所迟疑，那些驯兽师——斗兽师就会像乔治所说的那样，用火、武器和生肉来刺激它们。

博士面向观众鞠了一躬。他们很是买账，爆发出了热烈的欢呼声。随后，他又转过去面对着鲁弗斯。“将死之人向您致敬[1]！”他大声说道。尽管那位地方执政官不一定能理解他的致敬，但人群还是对他报以热烈的欢呼。

一头苍老的雄狮缓缓逼近了博士，它那曾经威风凛凛的鬃毛已变得斑驳黯淡。

“你看起来很累，”博士对它柔声说道，“丛林之王，你在这里过着何等凄惨的生活？”突然，他灵机一动，“我猜，你真正需要的是睡个好觉。”他把手伸进腰包，拿出了音速起子。稍做调整后，他便把起子指向了不断靠近、朝他闷声咆哮的雄狮。

他知道自己不该在这么多古代人类的面前使用音速起子，可无论如何，他还是会这么做——并非是因为需要自救，而是他得去救罗丝。没有人可以阻止他拯救罗丝。

音速起子发出了一阵隐约的嗡鸣，但只有博士知道，它同时还产生了另一种频率的声音，一种人耳无法识别、但狮子却能听到的声波。果不其然，狮子很快转身跑开了。没过一会儿，就见它像睡在火炉边的老猫一样躺倒在地。

人群中同时爆发出了喝彩和嘲弄——这个奇怪的人用一根小棍子就赶走了狮子，这让一小部分人不禁欢呼起来，但绝大部分

1. 博士此时说的这句话，要在当时的一年以后，也就是公元121年才会记录于《罗马十二帝王传》，然后才会逐渐广为人知。

渴望血腥场面的人都对他喝起了倒彩。

“别这样！”博士对观众大喊道，“你们真的想让一切这么快就结束吗？难道有所期待不也是一种愉悦吗？”

此时，一头巨大的黑熊动作迟缓地朝他爬了过来。

“难以置信，”博士对黑熊说道，“泰迪熊那么可爱，而你却这么……不可爱。无意冒犯。”

他再次举起了音速起子——但黑熊并没有停下来。“啊，”博士说道，“下次得记住，催眠熊得换个频率。”

黑熊明显嗅到了猎物的气息，动作越来越快。博士急忙跳上离他最近的那棵树，开始往上爬。等黑熊抬起爪子挠他时，博士已经快爬到树顶了。

随后，黑熊用两条后腿直立起来，抓住树干猛烈摇晃。“还得记住第二点，”博士说道，“树可拦不住熊。”

他知道，如果跳下去，黑熊瞬间就会扑过来。于是，他一手抱住树干，尝试用另一只手调节音速起子的设置——然而，那头熊猛地晃了一下，起子便从博士手中滑落到了地上。他再转头一看，那头熊竟开始爬树了。这棵树并不大，可能很快就会不堪重负。但无论是熊爬上来，还是树倒下去，对博士来说都没有太大区别。

于是，他缓慢而小心地绕着树转了一小圈，让自己来到熊的正上方。那头野兽愤怒地向上抓挠，却仍旧够不到他。可过不了多久，它就会爬上来……

博士突然纵身一跃。没有对准地面，而是对准了黑熊的背部。它吓了一跳，坠落时四肢着地，想把他从背上甩下去，但博士抓得很牢。黑熊又直立起来，烦躁地大吼大叫。

“稳住，泰迪，”博士说道，“光背骑熊可不太容易啊。”

观众很欣赏博士的这段表演。虽然不及杀戮，但一名手脚细长的年轻人能把一头猛兽当成驴或骡子来骑，一样能讨他们欢心。

黑熊重新四脚抢地。博士不由得紧张起来，不知道它接下来要干什么。它突然身子一歪，准备翻过来蹭掉背上的异物。怎么办？博士心想，如果他继续待在这里，肯定要被压在底下；可如果他放手，那头熊瞬间就会扑过来……

黑熊已经开始往下倒，博士眼角瞥到地面上有一处闪光。他顺着野兽的动作就地一滚，看准时机跳了下来，并抓住了那个闪光的东西。随后，他手执音速起子站起身来，趁黑熊爬起来准备往前扑时，将起子往前一推……

黑熊立马停了下来。它哀号一声开始往后退，怨恨地盯着博士。

“抱歉。”博士喃喃道。

这一回，观众们可不大满意了。两头猛兽都败下阵来，却连一滴血也没见着。如果他们见不到博士流血，至少也要见到野兽流血。然而，观众的愿望并没得到满足。

现场负责人明显感到了观众的情绪变化，知道接下来必须尽快促成一些事情。于是，一扇门开了，两名斗兽师走进了场地。其中一名挥舞着燃烧的火把，另一名则举着跟自己个头一样高的三叉戟指向前方。有了武器壮胆，他们向一头正在周围转悠的老虎走去。其中一人朝那头条纹皮毛的猛兽挥舞着火把，另一人则用三叉戟将它往博士那边赶。

当然，博士也没有待着不动。斗兽师很快便满场跑动，想控制猛兽的前进路线。尽管博士有信心跟他们玩上一整天，但他怀疑上头的人是否会答应。最好还是速战速决。于是，他停下脚步，若无其事地靠在了石墙上。

“冲我来吧！”他对渐渐逼近的人说道。两人闻言笑了起来，以为他们的猎物总算是放弃挣扎了。

“今天开心吗？”博士对旁边座位上的观众们高喊一声，换来了一阵欢呼。当然，只有不远处的鲁弗斯除外，他正一脸怒容地盯着博士。“嗨，朋友，笑一笑！”博士对他大叫道，“你应该高兴才对——不是我自夸，你让观众见证了近几年来最精彩的一场演出。”

但鲁弗斯依旧皱着眉。与此同时，老虎正迅速逼近，时刻对博士和折磨它的人发出低吼。

博士突然行动起来，让所有人、包括老虎都吃了一惊。只见他伸出双手，奋力一跃，把老虎当成了鞍马。紧接着，他双手一翻，人就落到了猛兽身后，还高举着双手展示了完美的落地姿势。手持火把的人离他最近，博士从那早已惊呆的人手上夺过火把，将另一人手中的三叉戟打落。“伙计们，危险动作，切勿模仿！”他又对观众高喊道。斗兽师们都惊呆了，不敢相信形势就这样翻转了过来。然而，他们只愣了片刻。博士转身就跑，其余两人很快也跟了上去。

但老虎已然转身。两名斗兽师离它最近，而且刚才又一直在戏弄它，给它制造痛苦……

总之，观众的愿望暂时得到了满足。

但博士知道，他们很快又会渴望他的鲜血。他可以躲避，可以战斗，但他们只会送来更多的动物和人。所以，他必须离开这里。

可是，还从未有人可以成功逃离斗兽场。

9

突然间，斗兽场另一头的门都陆续打开了。看来有人决定要换个策略。只见十几个人被剑逼着从门里走了出来，有人喊了博士一声，他马上认出那里边有约翰、保罗、乔治和林戈，虽然只认识了几个小时，但他们已亲如兄弟。

场地周围立着一排木桩，那些人都被拖到木桩旁捆了起来。博士惊恐地看见，一名斗兽师抱着满满一筐生肉走了过去，然后一块块地往被捆住的人脚下扔。他的意图再明显不过了：博士过于顽抗，观众们需要看到更加血腥的屠杀。

斗兽师刚退回去，博士就向那些人跑去。小个子林戈离他最近，他抄起三叉戟划拉了几下，就给他松了绑。随后，博士便将火把递给他防身，然后又转身往下一根木桩跑。令他又惊又喜的是，他瞥见林戈走向了另一个人，并用火把烧断了捆住那人的绳子，虽然火焰明显燎到了他，但那人很快便自由了。

博士又切断了另一人身上的绳子，然后指着下一根木桩上绑着的保罗。“你看能不能把他解开。”博士指示道。

男人颤抖着快步离开，去完成分配给他的任务。

人群大声呼喊着不满，这完全不是他们想看到的画面。

片刻后，又有几扇门打开了，六头猎豹窜了出来。它们花了一点时间捕捉气味，但很快便向几人奔去。博士大声嘱咐所有人坚守阵地，但还是有一两个人害怕得逃跑了。他们的动作吸引了猫科猛兽的注意，也让人群再次如愿爆发出了欢呼声。

剩下的人都挤作一团，林戈站在外围，狂乱地挥舞着火把。他们从一根木桩移向另一根木桩，博士负责割断绳索，其他人则拾起地上的生肉，扔给豹子分散它们的注意力。

博士救下的最后一个人是乔治。他看上去四十来岁，皮肤黝黑，外表粗犷。可是现在，他脸上却散发着天使般的光芒。“这是真的吗？”他问道，“还是我已经死了？”

博士咧嘴一笑。“团结一致，”他说道，“多么美好的词语。只要齐心协力，我们就能离开这里。”

“我可没要求奇迹发生。”乔治告诉他。

“那也无妨，”博士回答道，“人们不都说欲求则不得嘛。不过，我感觉奇迹真的要发生了。”

乔治刚被松开，博士就大喊道：“到墙边去！”

他率领众人冲向了斗兽场的边缘。然而，旁边的一扇门却轰然开启，几个带着武器的人走了出来，后面还跟着踉踉跄跄、浑身大汗的狱卒弗拉库斯和赛姆斯。不过，此时的囚徒们已经异常兴奋，丝毫没有就地待命的意思。那些惊讶的狱卒瞬间就被排山倒海的火把、三叉戟、拳头和怒火给打倒在地。待战斗结束，几名囚徒牺牲了，但更多的人活了下来，他们挥舞着抢来的剑，傲然站立于狱卒的尸首之上。

弗拉库斯和赛姆斯一直躲在后面，徒劳地挥舞着手中的剑。保罗发现了他们俩，于是向其他人示意。盛怒的囚徒们转过身来，两名狱卒则慌忙后退。

“我们只是奉命行事！”赛姆斯尖叫道，“我们尽力了——难道你们忘了吗？”弗拉库斯咽着唾沫说道，“我待你们像亲儿子一样！”

“我看，是像渣滓一样吧！”保罗以剑指天，大喊道。

弗拉库斯和赛姆斯见状转身便逃。

然而，他们却被从催眠中恢复过来的狮子给绊倒了。

雄狮已经清醒了过来。

狱卒的惨叫声越来越微弱，博士一行终于来到了墙边。战斗中死去的人分散了猛兽的注意力，但所有人也都不情愿地意识到，它们的注意力随时有可能转向这边。

“那现在该怎么办？”乔治抬头盯着大理石墙，气喘吁吁地问道。就算他们能爬上去（其实并不能），也不可能翻过顶部的围栏。

博士也抬起了头。他能看见不远处一脸震怒的鲁弗斯，因为他依旧没能见到博士鲜血横流。然而，让博士格外高兴的是，格拉西里斯竟出现在鲁弗斯身边，拉扯着那位地方执政官的斗篷。他咧嘴笑了起来。小人物的胜利，这才是最重要的。

他抬头望向头顶的围栏，又低头看了眼手中的三叉戟。随后，他又抬起头，从墙边退了回去。

他对周围的伙伴们露出了微笑。“我总幻想自己是名运动员，”他说道，“现在，是时候看看我撑竿跳的实力了……”

他向前冲去，将三叉戟戳向地面，借力把自己甩向空中。人群齐声发出惊叹。没人能干出这样的事，他肯定要落在围栏的尖刺上给戳成筛子了……

但他并没有。博士大笑着越过围栏，落到了两名受到惊吓的元老[1]身上。“奥林匹克，我来啦！”他爬起来，依旧大笑着。“给我扔把剑上来！”他冲下面喊道。

乔治领命，随即一把利刃划过空中，落到了围栏的另一头。博士立马接住。

“我们不想找麻烦，”他对身边的元老说道，“也不想伤害任何人，但在关键时刻可不会手软。所以，听我的话完全是为你们好。你，”他看着离自己最近的那人说道，“把你的托加给我。”

1. 古罗马的一种官职，相当于现代西方社会的参议员。

男人慌忙扯下身上的紫色条纹长袍，然后递了过去。

“还有你。”博士说完，另一人也照办了。

他将两件长袍绑在一起做成长绳，坠到保罗的头顶上。保罗一把抓住，顺着往墙上爬。

此时，手持武器的卫兵出现在了看台周围，但由于观众太过密集，他们无法靠得太近。没过多久，几名带武器的囚徒就来到看台上，牵制住了周围的人群。

突然，底下传来了一声尖叫。猎豹已经厌倦了那些不会动的死尸，正渐渐靠近鲜活的猎物。林戈还在挥舞着火把，乔治则举着三叉戟，但那些大猫似乎把他们的动作当成了挑衅。

“坚持住！”博士边喊边掏出了音速起子，“我得找到合适的频率……”

但这一时的分神险些要了博士的性命。“小心！”一个声音突然大喊道。是格拉西里斯！

他猛地转过身去。只见十几个座位开外，鲁弗斯将格拉西里斯一拳击倒后，立刻举起了一把弓箭。随后，他的手指松开了弓弦……

博士则举起音速起子，像转动小小的螺旋桨似的，让它旋转了起来。随后，木箭呼啸而过，落到了地上。

鲁弗斯气愤地大吼一声，往前一跳，想找个更容易瞄准的角度。两名手持武器的囚徒见状向他走去，却让博士给大声叫住了，因为周围挤了太多无辜的人。

此时，斗兽场底部又传来了一声喊叫。一头猎豹突破重围，拿下了猎物。

“继续爬！”博士急切地喊道。

可他的叫喊反倒让鲁弗斯有了新想法。只见他露出邪恶的笑容，转身扑向围栏。现在，他的箭头指着下方——对着攀附在托加长绳上的约翰。他正欲拉弓，却没能把箭射出去。因为，乔治的三叉戟深深刺进了这位执政官的胸膛。鲁弗斯跌入场内，而原本要扑向乔治的豹子则转过身去，靠近了新来的猎物。

观众们有的尖叫，有的怒吼，纷纷露出了惊骇、兴奋和恐惧的神情。

格拉西里斯则爬了起来，踉踉跄跄地想走向博士，可挤作一团的观众把他挡在了外围。

“到外面见你！”博士大喊着，用手势示意老人改变路线。

随后，他又转身面向高墙，乔治正在往上爬，而场上只剩下林戈一人向那头朝他扑来的猎豹挥舞着火把。等林戈也爬上来，博士便带头走向了离他们最近的出口。但他们并不是唯一想往那个方向挤的人。附近的所有人都想往外走，好在他们依旧把那些武装卫兵挡在外面。

博士挥舞着利剑。“出去！出去！出去！”他高喊道。

这时候，乔治跑到了他身边，一副失魂落魄的样子。“我杀了执政官！”他惊呼道，“他们一定会杀了我，不会再手下留情了！”

博士对他露出了安慰的笑容。“可你救了一条人命。”他坦言道，“现在赶快跑，离开这里，跑得越远越好。做好吃的馅饼，活下去。”

乔治紧张地朝他笑了笑，然后转身跑远了。

博士看着他离开的身影，这才突然想起自己还不知道他的真名。

外面的街上已乱作一团，许多人刚才都不在斗兽场内，所以正忙着向离开的人打听里面到底发生了什么。幸运的是，由于斗兽场实在是太大了，所以几乎没有人知道逃走的囚徒们究竟长什么样。

博士在人群中穿梭，不时对路人说一句：“太精彩了，不是吗？”或：“我从没见过这种表演！”最后，他总算在一堆人里找到了格拉西里斯，于是快步朝他走去。

“格拉西里斯！”

老人急切地转过身来，“博士！”

两人热情地问候了彼此，格拉西里斯几乎要哭出来了。

“我以为你也不见了！先是我儿子，接着是朋友。我一直试着将你从如此不合法理的惩罚中解救出来。我四处找人，上下打点，可没人愿意与鲁弗斯为敌。于是，我就跟着他来到了斗兽场，想直接劝说他。但他不听我的，然后，然后……”

博士打断了他的话：“别担心了。一切都结束了，呃，差不多快结束了。对了，能把你的斗篷借给我吗？”

格拉西里斯毫不犹豫地解下长长的斗篷，然后递给了博士。

“这叫伪装。”博士告诉他，但又突然皱起了眉，“你最好离我远点儿。虽然他们不知道我是谁，也没有留下我的逮捕记录，但那不一定就能阻止他们找到我。我可不希望再给你惹麻烦。”

老人奋力挺直了身板，“你一直都在帮助我，博士，甚至不惜给自己制造许多麻烦。更何况，你陷入如此窘境全是因为我。我是不会抛弃一位朋友的。”

“谢谢你。”尽管博士回答得很简单，但他脸上温暖的微笑却胜过千言万语。

他们沿街一路小跑，想尽快回到福耳图娜的圣殿。博士在那里得到了罗丝的解药，还听到了那个神秘的声音。但他们不能走得太快，以免引来过多的关注。最后，他们从一堆正在享受假期的学生中间挤出来，总算到达了目的地。博士发现自己还提着剑，便随手将它塞给了一个满脸惊讶的孩子，并嘱咐他切不可弄伤他人。

博士终于来到圣殿门前，他猛地冲了进去，把一名正准备供奉祭品的青年吓了一跳。

“你好？”博士并没有理会那名青年，而是兀自喊道，“有人吗？”

他径直走向最靠里的凹室，来到了福耳图娜的雕像跟前。他朝雕像后面看了一眼，但没有发现任何人。不管那人是谁，确实不能指望他在这里等上一整天。

“你好？”他又叫了一声，语气却不怎么坚定了。

随后，博士转过身来。人已经不见了，那就只能希望东西还在这里。他顺着自己前一天的路线一路走去。那些卫兵抓住他时，他就站在这里；这是他挨揍的地方；这是他失手掉落小玻璃瓶的地方……

然而，小瓶不见了。他趴在地上，焦急地寻找着。

“怎么了，博士？”格拉西里斯担心地问道。

“有人——我是说，福耳图娜给了我一瓶东西，说能把罗丝变回来，”博士说道，“还有奥泰托斯。”

此时，格拉西里斯的眼中闪过了一丝光芒。“你是说这个吗？”他一边问道，一边掏出了一只装着翠绿色液体的玻璃瓶，“这东西能让我找回儿子？”

博士一脸欣喜地跳了起来，“就是这个！”他喊道，“哦，谢谢你，谢谢你，谢谢你！”他接过瓶子亲了一口，好不容易才忍住没在格拉西里斯的脸上也亲上一口。

“你被抓走后，我在地上捡到了它，”格拉西里斯解释道，“我猜这可能是什么重要的东西。”

“我想应该是的。”博士说道，“难不成福耳图娜还会骗我吗？”

他又想了想，开始认真地思考起这个问题来。情况固然可疑，但他可以肯定，那奇怪的声音值得信任。事实上，那声音甚至还有点儿熟悉……

“走吧，现在的首要任务是找到一座乌尔苏斯创作的雕像。”

“但为什么呢？”格拉西里斯问道，“如果这瓶药能让我找回儿子……”

博士皱起了鼻子。“相信我，”他说道，“我们会找到的，但现在需要先找到一座雕像。”

捧着祭品的青年一直困惑地看着他们，或许心里还极为关切。他突然清了清嗓子。

“你们要找雕刻家乌尔苏斯的作品？”他紧张地问道。

博士猛地转过去看着他，“一点儿没错。你知道哪里有吗？”

青年点了点头，“我很确定有一座新雕像今天就要在广场上揭幕。”

博士咧嘴笑了起来，“太棒了！格拉西里斯，我的老伙计，看来情况开始走上坡路了——我可不是在说俏皮话。”他举起了小玻璃瓶，“一瓶奇迹解药，一座待揭幕的罗丝雕像。解救完罗丝、奥泰托斯和所有人后，正好可以赶回去喝茶。好吧，只能赶上明天的茶，或者是后天的早餐。但不管怎么说，生活真美好！”

他一脸灿烂的笑容，带头走出了圣殿。随后，两人匆匆赶往广场。

他们穿过了宏伟的奥古斯都凯旋门，但博士并没有心思去欣赏它的建筑风格，而是忙着扫视眼前熙熙攘攘的人群：成百上千的人都在过着各自的生活——谈生意、买百货、做演讲……还有数百尊雕像正跟他一样凝视着人群。不远处，有一座在墙边摆满雕像的长方形会堂，那里的动静吸引了博士的目光，他快步走了过去。一群人正聚在那里，他拉住一个女人询问起了情况。

“有座新雕像，”女人告诉他，“是乌尔苏斯做的，所有人都在谈论他。”

博士连忙对她道了谢，然后便挤入人群。格拉西里斯紧随其后。

“女士们，先生们，”博士快要挤到前排时，一个声音说道，“请欣赏——墨丘利神！”

众人皆欢呼雀跃，可博士却一言不发。他终于看到了那尊雕像。但那并不是罗丝，而是奴隶提洛。

10

博士看着被石化的提洛，心里不由得一沉。他沮丧地对雕像旁的人说：“请问，乌尔苏斯本人没来观看自己的作品揭幕吗？”

男人耸了耸肩，“没有，他甚至都不在罗马。我们不得不派一辆车到他住的乡间庄园里取这座雕像。”

“他根本就不在罗马？”博士追问道，“你知道哪里还有他的新雕塑等待揭幕吗？更女性化的，类似福耳图娜女神的雕像？”

“请相信我，”那人回答，“如果有的话，我肯定知道。”

“那我们该怎么办？”博士转过身时，格拉西里斯问道，“回庄园去？”

博士摇了摇头，“不，”他说道，“我们还有事情要完成，就从眼前这座雕像开始。我可不想引起骚动，所以最好等到晚上……”他抬头看了一眼太阳的位置，“哦，我这是在跟谁开玩笑呢？我可等不了那么久，骚动就骚动吧。希望这东西真有我想象中那么好用，否则骚动就该变成私刑了！”

他又转回身去，快步走向雕像，一跃便跳上了底座。人群本来已经散开，这时发现可能还有戏看，于是全都走了回来。就算有人认出了这位留鬓角的杂耍人正是不久前大闹斗兽场的逃犯，他们也都闭口不言。更何况罗马公民向来不崇尚缄默和仁慈，所以他们可能根本就没认出博士来。

博士站在底座上，小心翼翼地向观众鞠了一躬。“女士们，先生们！”他模仿刚才的揭幕仪式大喊了一声，“请欣赏——墨丘利神！”但没人打算给这段模仿鼓掌欢呼。于是，他继续道：“各位都知道，今天是个欢乐的日子。此前，我们已为神圣的密涅瓦——盾牌与长矛女神振臂欢呼。不管你相不相信，她都以成年的身姿、身披戎装，从父亲的脑袋里降生了。千万别告诉我那一点儿也不痛。现在，我们又要为同样神圣、更加好战的玛尔斯欢庆。你们知道吗？众神非常感谢大家为其庆祝，还献上了祭品，以其之名痛饮欢唱。那么，谁是传达这份感谢的最佳人选呢？当然是墨丘利，众神的信使！

博士偷偷拿出了玻璃瓶，小心翼翼地拔掉瓶塞，将一小滴翠绿的液体滴在了大理石雕像上。

“女士们，先生们，”他再次说道，“男孩们，女孩们，请欣赏——墨丘利！”

有那么一会儿，人群看起来困惑不已，还有一两个人转身走开了。

然而，紧接着，一个女人尖叫起来。片刻后，又传来了另一声惊呼。只见那雪白的大理石上露出了一抹肉色，并逐渐蔓延到了整座雕像。石头被肌肤的颜色取代，彩绘的双唇渐渐变得柔软而富有弹性，镀金的双眼也变为了一双亮绿色的眸子。还有那微微打卷的发丝也泛起了波纹，迎着微风逐渐变黑。一个活人出现在了瞠目结舌的人群中间：他头戴羽翼帽，脚踏羽翼鞋，高举着墨丘利的双蛇权杖。突然间，权杖上的石蛇开始嘶嘶作响，鳞片也现出了一片灿黄，然后便从杖杆上滑落下来，连博士也吓了一跳。蜿蜒而去的双蛇又引来了人群的连声尖叫。

“跟他们说，你带来了爱与和平的信息。”见提洛向前踉跄了一小步，眼看就快跌落下去，博士便一把揽住了他的腰，然后在其耳边小声说道，“相信我。说完我们就能离开了。”

提洛两眼茫然，几乎看不清眼前的人群，但他还是沙哑地喊了一声：“我给你们带来了爱与和平的信息！”

于是，人群爆发出疯狂的呐喊、尖叫与欢呼。博士把提洛送到了震惊无措的格拉西里斯身旁，并对他小声说道：“快带他走。”

“为节日助兴！”博士大喊着，再次吸引了人群的注意力，也让格拉西里斯和提洛得以趁机离开。“再来点儿娱乐节目！”他说着掏出了一枚铜币，“虽然就一文钱，不值一提，可你们也绝不想把它弄丢！”他摊开双手的掌心，“而我却把它搞丢了！”他指向人群，“你，女士，见到我的一文钱没？抱歉，什么？我没听清。没见到？那么女士，它在你的耳朵里做什么呢？”

人们兴奋地看到，他似乎从女士的耳朵里掏出了一枚硬币。“换我！我！我！”好几个孩子叫喊起来。比起大理石变活人的精彩表演，他们似乎更喜欢博士的魔术小把戏。博士陪他们玩了一会儿，确定格拉西里斯和提洛有足够的时间离开后，自己才趁机溜走，留下一群孩子兴高采烈地寻思着该怎样花掉这笔意外之财。

他在一条安静的街上找到了格拉西里斯和提洛。两人正鬼鬼祟祟地躲在一根柱子后面，看起来依然惊魂未定的样子。“如果不是亲眼看到……”格拉西里斯喃喃道。

“你们俩肯定都吓了一跳，”博士说道，“如果我提前跟你解释，乌尔苏斯是个……邪恶的巫师，一直为满足私欲把活人变成石头，你可能就不会受到这么大的惊吓了。当然，也可能没多大差别。但不管怎么说，我们还有事情要做。”

他又大步走开了，让不知所措的两人在后面默默思考着他刚才的话。

“你是说，”格拉西里斯小跑着追了上去，“奥泰托斯他……”

格拉西里斯似乎意识到了整件事的骇人之处，要是提洛没有及时搀扶住，他恐怕就要跌倒在地了。

博士停下脚步。“是的，”他回答道，“我想你已经明白了。很抱歉，但我们会把他变回来的，只要我们先把罗马城里的事儿办完。”

那天剩下的时间里，他们都在罗马城中四处寻找乌尔苏斯的雕像。格拉西里斯作为一名艺术爱好者，知道该找什么人谈话，所以，他不仅问到了所有雕像的所在地，还查明了那位雕刻家的作品都只在罗马展出。除了格拉西里斯，没人听说乌尔苏斯还接过任何城外的私人委托。

后来，一座又一座的雕像变回了活人。山林女神狄安娜成了一位举着弓的黑皮肤美人；衣不遮体的爱与美女神维纳斯一脸尴尬，博士贴心地将格拉西里斯的斗篷递给了她；双子星狄俄斯库里兄弟兴高采烈又如释重负地拥抱了彼此和博士。困惑的奴隶们纷纷从雕像底座上走了下来，并得知自己“中了魔法”。他们似乎对这个不太充分的解释还挺买账，博士不禁松了口气。

“这都是些什么人？”格拉西里斯问道。

“我猜，”博士回答道，“他们都是乌尔苏斯专为制作雕像买来的奴隶。”

格拉西里斯皱起了眉，“那他们依旧属于乌尔苏斯，”他说道，“我们没有权利把他们带走。”

博士瞪了格拉西里斯一眼。“对，”他说道，“根据罗马律法，主人有权对奴隶做任何事。他可以鞭打、折磨，甚至是杀死奴隶。如果他愿意，还可以将他们变成一个新奇的大理石门档。你是个好公民，这我知道。但我要你看着我的眼睛，再告诉我乌尔苏斯做的事到底有没有问题。”

格拉西里斯转开了目光。

“我猜不久之后，乌尔苏斯就会发觉罗马有些容不下他了，”博士继续道，“更别说等我找到他后会怎么样。的确，我素来宽宏大量，可即便如此……”他抬起一只手，不让格拉西里斯插话，“我不想听应该如何处理那些奴隶，只想关注我们会怎么去做。我想你是个好人，所以我认为，接下来你会确保他们平安无恙的。”

格拉西里斯无言以对，只好点头表示同意。

博士拍了拍他的背，“好伙计！”

很快，玻璃瓶里就只剩下一小点儿闪闪发光的绿色液体了。博士看着它，就像是看着全宇宙最宝贵的东西似的。不过此时此刻，它确实如此。

“我从未想到自己能目睹这种魔法。”格拉西里斯满怀敬畏地说道。博士塞上瓶塞，让刚醒来的宙斯之妻朱诺和她那晕头转向的孔雀到城门外等待。那里停着格拉西里斯的驴车，而其他奴隶正在车旁等着他们。

“这并不是魔法，”博士似乎自言自语地说道，“而是科学。”然而，他甚至不愿对自己承认，他丝毫不了解是何种科学创造了这瓶神奇的液体——也不知道它究竟从何而来。

他们走在街上，听到人们讨论节日把戏、魔法，还有行走在人界的众神。博士听闻后笑了起来，而格拉西里斯却愈发紧张，坚信他们很快就会遭到逮捕。尽管如此，他还是决心跟随博士走到最后。

“他们能对我们做什么？”博士尝试安抚他，“除非今天是相反日[1]，否则他们不能说大变活人违反了法律。”

最后总算只剩下一座雕像了。格拉西里斯的熟人说，在庞培大剧院旁边的小树林里可以找到它。可是，当他们走到附近，却发现意外正等在那里。小树林竟被一群武装卫兵给围住了。

博士假装漫不经心地溜达过去。“出什么事了？”他一脸无辜地问道。“有人偷走了雕刻家乌尔苏斯的所有雕像，”一名卫兵告诉他，“可他们绝对偷不走这一座。谁也别想穿过我们的防线！”

博士咂了咂嘴，“这世道究竟怎么了？”他看似若无其事地走回了格拉西里斯身边，实际上一路都在拼命思考。他们已经解救了无数人，现在只剩下这一个。如果他们冒险进去惹来麻烦，那对罗丝和奥泰托斯将会意味着什么？

然而，他能从树影间隐约看到光洁的大理石。底座上立着一个年轻女孩的雕像。她跟罗丝年龄相仿，还有一段长长的人生之路在等着她。

---

1. 一种游戏，宣布某天是相反日后，参与者做的所有事都要与平时相反。

所以，他当然不能就此离去。

“你打算如何躲过这么多人？”格拉西里斯担心地问道。

博士思考了片刻，随后露出了喜悦的容光。“进去不是问题，”他说道，“他们只是担心有人会带着雕像离开。这么说吧，我可不打算那么做！我只需要你跟其中两个卫兵说说话，分散他们的注意力，让我趁机溜进去……”

博士慢慢潜入了小树林，大多数卫兵都站在外围，但有一位就站在雕像旁边。幸运的是，他正背对着雕像，可尽管如此……

博士小心翼翼地靠了过去。那是一座大地女神的雕像，底座上那名丰满的年轻女子即使变成了石像，也依旧散发着抚慰和关怀的气息。博士拔出瓶塞，将手伸向了她大理石的嘴唇。一小滴液体就使她重新变回了活人。随后，博士把她从底座上扶了下来，女子一开始满脸惊恐，但博士脸上的神情似乎让她安下心来。他用手指按住双唇，示意她保持安静，然后牵着她跌跌撞撞地走进了树林。

“你好呀，大地女神盖亚。”博士蜷缩在一棵树后，朝这位曾经的女神小声打了个招呼，“别担心，一切都会好起来的。”看到那名卫兵还漫不经心地看守着空荡荡的底座，博士差点忍不住笑出声来，“跟我来。”

“喂！”博士和女子走出树林，正欲穿过全副武装的包围圈时，却被一名卫兵给叫住了。

博士对他露出了灿烂的笑容，“你好啊。”

“这里任何人都禁止入内！”

“我们没有入内，”博士合理地指出，“我们在往外走。”

“你们在里面干什么？我们刚搜过一遍。”

“呃，”博士回答道，“那你们明显没有发现我们。这也并不奇怪，肯定不能怪罪于你。我……我跟我朋友——”卫兵了然地窃笑起来，博士继续道：“一定是在午后的阳光中睡着了。不过我们现在醒啦，你看是不是该放我们出去……”

“嗨！”树林里突然传来一声叫喊，“雕像不见了！”

博士瞬间被卫兵团团围住。他马上摆出了自己最腻烦的表情。

“它在哪里？”一名卫兵逼问道。

“什么在哪里？”博士反问道。

“雕像！肯定是你偷走了——这里禁止入内！”

博士抬起双手。“那就请给我搜身吧，”他说道，“如果你觉得我把雕像藏在了丘尼卡里……”

“那你肯定已经搬出去了。”

“什么？我搬着一座美丽的雕像穿过了各位阁下的刀枪防线，但因为好玩儿，又跑了回来？”

卫兵们面面相觑，尽管无言以对，但还是不愿轻易放弃，想尽力避免这种不光彩的失败。突然间，看守雕像的卫兵开口道：“呃，”他指着博士的同伴，“她长得真像那座雕像，连身上的衣服都一样。”

博士猛地拍了一下额头，“当然！原来如此！这下我可没办法抵赖了。其实我只是偷偷地溜进去，把雕像变成了这位年轻的女士，然后又想大摇大摆地带她离开。我真是个蠢货，竟然奢望能骗过诸位睿智的卫兵先生。我就地伏法，好吗？”

就在此时，格拉西里斯走了过来。“出了什么问题，博士？”他说道，“我是格涅乌斯·费比乌斯·格拉西里斯，”他高傲地告诉卫兵，“此人是我的好友。请容我质询，你们为何要把他拦住？”

虽然卫兵们仍然疑惑地发着牢骚，但还是放走了博士和“盖亚”。

“谢谢！”博士激动地拍了拍格拉西里斯，“跟你说了，我们能行。现在赶紧溜吧……”

格拉西里斯给奴隶们安排好了车，然后便跟博士坐上了自己的驴车。“总算能回到我儿子身边了！”格拉西里斯笑着说道。但博士却不太高兴。他很自信能找到罗丝，但那并不能改变一个事实——此时此刻，他完全不知道她身在何方。突然，他脑中闪过一个想法。

“我们回去还能跟温妮莎碰头，”他说道，“她还没消息，是吧？希望一切都好。”

但此时，格拉西里斯的脑子里只有那等待他去拯救的儿子。

他们靠近城门时，博士瞥见了一条熟悉的巷子。“等会儿，”他说道，“你那漂亮的驴车应该装不下一只时髦的蓝盒子吧？”

第二天接近傍晚时，驴车才把博士和格拉西里斯送到了庄园附近，而另一辆租来的货车上则装着棱角分明的蓝色塔迪斯。博士并没有说错，他们那辆驴车上确实没有多余的空间了。

格拉西里斯让车子停在了庄园不远处。“我想亲自带奥泰托斯回去见我妻子，”他说道，“我不希望她目睹复原的过程，因为真相恐怕会给她带来精神压力。”

他们走进树林，格拉西里斯凝视着雕像一言不发。真正迎来这一刻，他反倒开始害怕了，担心自己的希望依旧有可能落空。但最后，他还是朝博士点了点头。

于是，博士上前一步，从那仅剩的一点儿珍贵绿色液体里，取出一滴抹在了大理石像上。

连博士也不禁跟他一起屏息等待，每一微秒都仿佛变成了永恒。

然后，奇迹再次发生了。渐渐地，肉体取代了大理石，眼睛中焕发出神采，高贵的姿态也放松了下来。

奥泰托斯终于回到了父亲的怀抱，两人激动地流下泪水。

博士在远处看着奥泰托斯与母亲重聚。她虽然泪流满脸，却也抑制不住笑容。最后，待所有人都冷静下来，他才走了过去。他无法阻止玛西亚再次流泪，不断拥抱他、感谢他，直到那些感激之词在他耳中变成了没有意义的白噪音。不过，他最后还是找到机会问了自己想问的话：她是否见到了罗丝？或是乌尔苏斯？温妮莎有消息了吗？

然而，所有这些问题的回答都是："没有。"

博士默默离开了庆祝重逢的一家人。他永远不会承认心中有多绝望，可眼前这片罗马帝国实在广阔得让人气馁。罗丝就像是这片罗马汪洋中一根细小的大理石针头。他到底如何才能找到她？

随后，他有了主意，一个绝妙的主意，让人眼前一亮的主意。

他知道在哪儿能找到罗丝了。

11

宝蓝色的塔迪斯停在雕像展馆冰冷的白墙和毫无生气的大理石像中间，整幅画面显得极不协调。然而，依旧穿着古罗马丘尼卡短袍的博士，却以一种旁人无法企及的方式完美融入了展览。尽管如此，周围那些颈挂照相机、身穿带标语T恤衫的游客，以及几位穿着花呢外套的老学者，还是向他投来了异样的目光。

在博士眼中，这些人根本就不存在。甚至连那些以为塔迪斯是某种交互式工具的孩子，也只换来了他的匆匆一瞥。因为他有使命在身，不容丝毫分神。

然而，当他走到罗丝的雕像前时，却被什么吸引了注意力。

有人公然无视禁止触碰展品的告示，坐在旁边的巨型石足的脚趾上。那人他认识，正是米奇·史密斯。

“博士！”米奇见到博士走来，连忙叫道。

他望向博士身后，可根本没有别人，“哦，你来啦。”

博士放慢了匆匆的脚步。“是啊，”他回答道，“这……是上一次的之前还是之后？”

米奇耸了耸肩，“我怎么知道你的上一次是哪一次？反正我的上一次是在两周前，你跟罗丝离开了，说要让罗丝成为艺术界的大人物。”

博士的脸抽搐了一下。

“我猜你们找对地方了，”米奇上下打量着博士，“要么就是，当季流行男人穿裙子。”

博士没有理睬他，而是专注于眼前这尊雕像。

罗丝的青春和美丽永久地保存在了这里。尽管已然石化，她的面容却依旧显示着力量。所有人看到她，都必定会发现她是多么的特别。他下意识地想去握住她的手。当然，那个动作落空了。

博士心中突然涌出了一阵迟疑。

米奇站起身，向他身边走来。“打造这座雕像的人一定特别了解她，”他说道，“就好像……就好像那人真的非常懂她。”他突然顿了顿，闪出一个想法，“嗨，她该不会在跟那家伙约会吧？”

博士发出了刺耳的笑声，几乎不近人情。米奇忍不住后退了一步，“喔！我可没有故意招惹你，伙计。”

“这不是罗丝的雕像。”博士说道。

米奇一脸困惑，“你说什么呢？这当然是了。你觉得我见到罗丝会认不出她来？”

“你确实没认出来。”博士回答道，“你现在看到的并不是罗丝的雕像，而是罗丝本人。罗丝变成石头了。”

米奇一屁股坐在了石足上，双手抱着头。“这不是真的。”他的声音尖利又含糊不清，难以抑制的呜咽令他的身体剧烈起伏。

这时，一名身穿制服的警卫走了过来。“抱歉，先生，”他对米奇说道，似乎并没有发现对方正在流泪，“恐怕得请你从展品上下来。”

米奇丝毫没有理他，很可能是没听到他的话。

“他有点儿伤心。”博士解释道。

但警卫依然无动于衷，“抱歉，先生，我不能破例。”

博士走上前去戳了他一下，“不好意思，我就想看看你是不是个真人。因为一个有血有肉的人肯定能看出我……朋友现在非常伤心，并会表现出一些同情。”

但那人并没有理会博士的愤怒。尽管身在博物馆这种文雅之地，他恐怕也早已习惯了这类不太妥当的行为。但他的话过于理性，这让情绪本已不稳定的博士不禁怒火中烧。“保护展品是我们的职责。要是人人都能在上面坐一坐，那它们就保存不了这么多年了，不是吗？”

博士正准备展开一连串反驳，包括石制品的曾经以及他刚刚想到的用途，有些用途还可以让这名警卫也参与其中，而这一切都有可能让这人开始怀疑自身的精神状况——但就在此时，米奇撑起身子，猛地凑到了警卫面前。

“我才不管你那些愚蠢的雕像和职责！”他大喊道。

展馆内所有人都看了过来，还有游客拍起了照片。

“她死了！你难道不明白吗？她死了！我每天都来这里，每天！就为了让自己感觉她就在身边，就为了支撑自己直到下次再见到她。可我不知道……我再也见不到她了，永远也见不到了！”

“我很抱歉，先生，可是……”

博士赶在情况变得更糟糕前，插手干预道：“我刚才说了，他现在情绪有点儿不稳定。”他厉声说完后，一把抓住了米奇的手臂。

于是，仍在默默流泪的米奇跟着博士走出展馆，来到了楼上，此时的他显得既茫然又愤怒。

博士让他坐在大厅的一张桌子旁，然后走到旁边的柜台，拿来两杯黑加仑果汁。他放了一杯在米奇面前，还给他插上了吸管。

他们就这样一言不发地坐了一会儿，两人的心思全然不在这里，而是都回到了过去，跟罗丝在一起，与她交谈，一同欢笑，或者只是静静凝望她的脸庞。

“她总是那么完美，”米奇突然说道，“我配不上她，配不上。有一次，我得了流感——她一直在照顾我，寸步不离。我难受得想死，她就握住我的手，让我记起生命有多美好。”他几乎露出了微笑，“我当时就想，自己能得到她简直是世界上最幸运的男人。我们那时还是孩子，可我早就知道她很特别。我一直觉得她会离开我。有一次，她真的离开了，不过总算又回来了。我以为她只是叛逆，一两个星期后就会想通，可事情并非如此。我从未想过能再次留住她，因为我知道外面还有更好的，而她总有一天会发现。所以，我只能尽情享受和她在一起的每一天。她跟你走时，我确实很生气。对你生气，也对她生气，气她终于还是把我看透了。她一定看出了我是个失败者，而她是个赢家。但过段时间，我就放下了，因为她确实值得比我更好的人，她值得拥有能给她整个宇宙的人。”此时，他眼中的懊悔化作了愤怒，“可你却把她害死了。”

“我知道。”博士说着，仿佛连他也痛恨着自己。

“你把她害死了，我再也见不到她了！就算她觉得自己渴望危险和刺激，可你也应该阻止她！她可不是……不是什么时间领主，她就是个普通女孩儿，而你却把她给害死了。”

“罗丝一点儿都不‘普通’。”博士不再对自己生气了，而是将怒火指向了米奇，“你要我怎么做？用棉布把她裹起来？然后对她说：‘我可以给你整个宇宙，但我不会，因为你可能会受伤？外面有那么多的新鲜事物、新奇世界、奇珍异景，但我要你待在家里，每天去商店里上班？’”

米奇站起身来，大声喊道：“你该照顾好她！”

博士又喊了回去：“我知道！”

米奇坐了下来。“你该照顾好她。”他安静地重复道，随后突然浑身一颤，“我该怎么告诉她妈妈？她肯定会把我给钉死。”

“我想你说的是我。”博士苦笑了一声，“有趣的是，我今早就差点儿被钉死了。好在他们决定把我扔去喂狮子。”

米奇只注意到他的前半句话，并没有心思去关心博士的冒险，“说得好像你会留下来似的。杰姬肯定需要找人发泄，而她除了我，再也没有别人了。”他哭丧着脸，“她甚至连个可以去看的坟墓都没有！”

博士沉默了一会儿，让米奇尽情地发泄出来。然后，他略显犹豫地说道：“我能把她带回来。”

米奇抬起头，一脸震惊，“你说什么？”

博士更笃定地重复了一遍：“我能把她带回来。”

米奇跳了起来，甚至比之前还要愤怒，“你……你能？那你刚才怎么不早说？看到我这副样子，你是不是觉得很好玩儿？笨蛋米奇，什么也不懂，不如来捉弄捉弄他？”他好像随时准备跳起来揍博士一顿，但博士及时接过了话头。

“我之前……不确定这么做对不对。”他挥了挥手，不让米奇插嘴，“可现在确定了。所以，现在最重要的，难道不是我能做到这件事吗？”

米奇似乎还想争辩，但很快就点了点头，“对，没错，好吧。那我们还等什么？”他说完，拔腿便走。

“首先，我们要等到那名警卫离开！”博士在他身后叫道。

米奇生气地走回来又坐下了。

他们再次沉默了片刻，博士喝了一大口黑加仑果汁。

随后，米奇略显紧张地问道：“可是……她不会变成……两千来岁的模样吧？”

“算上历法的细微变化，将近一千九百岁吧，”博士回答道，“但那应该不会……不会有影响。她感觉不到时间的流逝，也没有变老。”

“你确定她真的感觉不到？”米奇问道，“你确定她真的不会看到眼前发生的一切？”

博士扬起了一边的眉毛，“如果她真能看到，那这两周的时间里，她就每天都看到你了，说不定还对你加深了好感。”他的本意几乎——几乎是好的，然而，米奇却像一条被人踹了一脚的小狗，满脸愤愤不平。

“走吧，”博士站起来说道，“我们去看看前方是否还有敌军。”

但米奇依然坐着没动，“……里面的罗丝可能没有变老，但雕像确实老了。它变得坑坑洼洼，还没了一只手。你把她变回来时，那些都能恢复吗？”

然而，博士并没有回答。

“不能，对不对？”米奇愤怒地说道，“她不会像你一样奇迹般地长出一只手来[1]。你能把她变回来，但她会遍体鳞伤，还少了一只手！”

博士一拳砸向桌子，大声吼道：“但那总比没有罗丝要好！”

米奇面露怯色。但过了一会儿，他点了点头。“对，”他说道，“我想你是对的。”

于是，他们转身走向雕像展馆。博士听到米奇咕哝了一句：“我只希望她对此并没有意见。”

时至黄昏，人们开始陆续离开博物馆。两名游客穿过了雕像展馆那几排大理石头像，但罗丝旁边并没有人。

博士举起小玻璃瓶，里面只剩下几滴珍贵的复活药水。他稳住手臂，深深吸了口气，随后手腕一转，将药水倒在了雕像上。

但什么也没有发生。

罗丝的脸蛋并没有恢复红晕，也不见她的衣摆飘动或是睫毛扇动。

1. 2005年的《神秘博士》圣诞特辑《圣诞入侵》中，博士在与外星人以剑搏斗时，右手曾被砍断。但当时博士正处于重生期，随即又长出了一只专事战斗的右手。

博士愣愣地盯着她。

“要多久才生效？”米奇问道。

“不会生效了，”博士闷声答道，“她已经石化了太久，一切都太晚了。”他顿了顿，“没救了。”

米奇可不愿接受这样的事实，“胡扯！你有一台时光机。哦，我知道时间法则那些玩意儿，你阻止不了这一切发生，但你能在更早的时候找到她，把她及时变回来。”

博士摇了摇头，既沮丧又愤怒，“你没意识到吗？要是我能及时把她变回来，那这……”他指着雕像，“就不会在这里了！这就是为什么我在罗马找不到她，因为我注定无法找到她！我什么都做不了！”他挥舞着手臂，指尖轻抚罗丝的脸颊。

他又看了一眼雕像，随后疯狂地往塔迪斯冲去。

米奇惊讶地看着博士边跑边撕心裂肺地喊道：“求求你！求求你！”没过一会儿，他便从飞船里冲了出来，手里还拿着罗丝的牛仔外套。

随后，博士提着外套摇晃起来。

外套口袋里滑出了一个钱包、一张手帕、一包薄荷糖、一部手机，还有一只耳环。

他拾起耳环，举到了雕像耳边。

“一模一样。”米奇叹道。

“她忘记戴回去了。”博士说道，“所以罗丝，真正的罗丝，只戴了一只耳环。但这雕像却戴了两只。这就意味着……”他又顿了顿，“这并不是罗丝。这只是——一座雕像。”他终于重振精神，“我要回去找她。”他打量着玻璃瓶，里面还残留着一丁点儿液体，“希望这些够用了……”

米奇满脸释然，但却又有了新的疑问，“等等，那这座雕像是从哪儿来的？”

博士咧嘴一笑，“我倒是有了点儿想法。你相信神吗？”

米奇一脸困惑，“不信。”

“告诉你，此时此刻，我信。”博士说道，“我猜，幸运女神向我们露出了微笑。快来，你得帮我一把。”

他们这边儿刚结束，那边儿警卫就冲了过来。

“现在是时候溜之大吉了。”博士说着，把米奇推向楼梯，然后往塔迪斯冲去。

“你会把她带回来的，对不对？”米奇大喊道。

“你就放心吧！”博士大声回答。可是，当他关上塔迪斯的门时，却又小声嘀咕道：“不过，我得在路上稍做停留……”

不久之后，博士就来到了不久之前的罗马。

12

罗丝惊喘了一声，就像有人朝她头顶浇了一桶冰水似的。她慌张地清醒过来，感觉既困惑又晕眩。

她才刚闭上眼，片刻后便睁开，就来到了另外一个地方。这里并不是乌尔苏斯的工作室；这是……树叶，她能看到树叶、枝条和树木。这是一片树林，她正站在一个带轮子的东西旁……汽车？不对。前轮大、后轮小的自行车？也不对。是一辆木制的小车！而她面前还有个什么东西，高大而瘦削——是个人，但绝对不是乌尔苏斯。她终于看清了那个大大的微笑。是博士！

她跌跌撞撞地走上前去，用力抱住了他，“我真是太高兴见到你了！”

博士怪叫了一声：“嗷！”

原来，罗丝忘了自己手里还攥着一根长矛。“抱歉。”她笑着说道，然后摘掉了让她很不舒服的头盔，摇着脑袋散开了一头金发。

博士扬起一只眉毛，“罗丝·泰勒，战争女神？”

“对，”她说道，“我准备回一趟老家，大闹科尔切斯特[1]。”

“啊，据我所知，你连鹅都不忍心吓唬。”博士说完，她闷哼了一声。

“是啊。不过，这到底是怎么回事？”她问道，“我记得的最后一件事……”罗丝渐渐沉默了下来。

博士看起来有些局促不安。“你变成了石头，”他回答道，“很抱歉。”

记忆瞬间涌上心头。“我就知道，”她说道，“当他让我看到提洛的雕像时，我就知道了。”她忍不住浑身一颤。

博士难过地笑了笑，忍不住同情罗丝的遭遇，“别再想这件事了，而且提洛也不会有事的。我会解救他，呃，大概一两天后吧。”见罗丝皱起了眉，博士解释道。

“这就是时间旅行的魅力所在。我回到了自己离开的几天前。”他把已经变空的玻璃瓶递给了她，“你瞧，奇迹解药。快来瞧一瞧，看一看！你是否感觉脑袋沉重，如同装满了石头？女士们，你们是否感觉丈夫对自己的爱语无动于衷？现在，一滴药水就能解决所有问题。给他一滴神奇药水，还你一位完美丈夫！”

罗丝咧嘴笑了起来，“所以，这是从哪儿来的？乌尔苏斯又

1. 曾是罗马帝国占领下不列颠行省的都城。

在哪里？你收拾他了吗？”

“我也不清楚。他应该就在附近，还没收拾他呢。”

“没了我，你什么都干不好！”

博士挽着罗丝的胳膊，“你以为我不知道？要是别人问我你是什么样的朋友，我会告诉他：罗丝·泰勒？没了她，我什么都干不好。稳如泰山，说的就是她。”

罗丝对他哼了几声，但很快就变成了大笑。“不过，还有一件事我不大明白，”等她笑够了，又开口道，“这一切跟大英博物馆的雕像有什么关系？你瞧瞧，我在这儿呢！”

博士非常配合地瞧了瞧。“头盔、长矛、无比神圣的造型——如果我没搞错的话，应该是密涅瓦。”他说道，“不过我跟你讲，你这身打扮在派对上绝对力压群芳，所有热血青年、高贵绅士，甚至是冷漠寡情的男人都爱看密涅瓦的这身装扮。但最棒的是，如果任何男人对你有非分之举，你的手上随时还有武器加持！”

罗丝打断了他，“好吧，可密涅瓦是谁？”

“是谁呢？有人说……”博士瞥见罗丝严厉的目光，于是决定缩短他过于详尽的解释，“她是战争与艺术的女神，也是艺术家的守护神。”

“战争与艺术？”罗丝问道，“听着就像是‘你必须喜欢我的画，否则我就入侵你的国家’，是这样吗？算了，我其实是想说，福耳图娜又是怎么回事？”

“这个嘛……”

博士还没来得及解释，就听见两人身后突然传来了一声尖叫。罗丝正要跑，却被博士拉住了。“别担心，”他说道，“那是温妮莎。”

只见女孩一脸震惊地向他们走来，她的眼睛盯着博士，仿佛他是个幽魂。

“你怎……怎么来到这里的？”她充满疑惑，“你不可能比我先到啊。”

“你应该比任何人都清楚，万事皆有可能。”博士说道，“罗丝，我重新给你介绍一下温妮莎吧，她既不是占星家，也不是罗马的奴隶，而是一位来自2375年的小姑娘。”

“老天，”罗丝叹道，“我还以为，就我离家最远呢。”她看着温妮莎，“那你在这儿干什么？”

“想办法回家。”温妮莎回答。

“可你一开始是怎么来的？”罗丝问道。

“对，我也想知道，”博士补充道，“不过，温妮莎一直在回避这个问题。她好像有所隐瞒。”

温妮莎看起来又要哭了，“我没有！我只是……你们不会相信我的。肯定不会。”

“你就说说看呗，”罗丝说道，“难道你想让我们怀疑这一切都跟你有关？不会比这还要糟吧？”

温妮莎涨红了脸，“可是……我觉得有可能。”

罗丝往后退了一步，“可我一直都在告诉别人你是好人！”

“我真的是！只是……哦，好吧，我告诉你们！”温妮莎沮丧地喊道。

她在一棵树旁坐了下来，罗丝和博士也跟了过去。

“我叫温妮莎·莫雷蒂，是萨尔瓦托里·莫雷蒂的三女儿。我父亲就职于泰贡研究室。”

“现在，事情一下就清楚了。”博士调侃道。

罗丝叫他别插嘴。

“泰贡研究室是我们那里的主要科研机构。”温妮莎继续道。

博士仿佛竖起了耳朵。“那么，你父亲正在进行时间旅行的研究？”他问道，“可为什么我从未听说——”

“不！”温妮莎打断了他，“是A. I.。”

“什么？《灵异第六感》里那个小孩儿[1]演的电影？”罗丝问道。

“是人工智能。”博士告诉她。

“对，这我知道。”她示意温妮莎继续说下去。

“他从未提过关于时间旅行的研究，因为所有人都知道，那不可能。”她伤心地笑了笑，然后纠正道，“所有人都以为自己

1. 罗丝说的小孩儿是美国演员海利·乔·奥斯蒙特，他曾主演过电影《灵异第六感》和《人工智能》。

知道。我父亲正在参与某个研究项目——A.I.方面的研究项目。他一开始并不太积极，还说那只是个玩具，用来圈钱的东西。可他后来渐渐兴奋起来。我想，在我……离开时，研究就已经接近尾声了。

“那天，他从研究室带了样东西回家——我并不知道那究竟是什么。然后，他就被叫走了。我当时正在看关于古罗马的视频节目。”她伤心地笑了笑，“那时，我很喜欢历史。但看着看着，我的播放器却出了问题。我以为是电力故障，因为屋里的灯一直在闪。于是，我就下楼去了父亲的书房，看到他那边的播放器一切正常，而那旁边还有只盒子。我猜那一定是他带回来加班用的，但我并没有看里面是什么。

“总之，我又坐下来继续看节目。那节目讲的是哈德良年代，有关万神殿和哈德良长城。然后，我朋友爱莉安给我打了电话。我告诉她自己正在看什么节目，还告诉她——我记得很清楚，因为那是我说的最后一句话。我说：真希望我能生活在那个年代。”她说着，突然歇斯底里地笑了起来，“你们能相信吗？我竟然说了那种话！生活在这样一个年代！我肯定是疯了！”

罗丝握住她的手，想让她冷静下来，“是啊，事情从来不会像想象中那么顺利，对不对？所以那些离婚律师才有口饭吃呀。”

“后来发生了什么？”博士仿佛更关心温妮莎的故事，而并非她的感受。

温妮莎抽泣了几声，渐渐平复下歇斯底里的情绪。几番尝试后，她终于继续说道："然后……然后电话就断了，播放器没电了，灯也熄灭了。我感觉自己快要吐出来了……然后，我就到了这里。"

但博士对这番话并不满意，"实际上，应该发生了更多的事情才对。"

"真的没有！"温妮莎坚持道，"我根本不知道发生了什么。我以为……以为自己一定是在做梦，或是出现了幻觉，又或许是有人对我开了个精心设计的玩笑。可是几周之后，我就彻底放弃了这种想法。"

"所以你依旧不知道自己是怎么来到这里的？"罗丝问道。

温妮莎摇了摇头。

"那你为什么觉得自己跟乌尔苏斯干的坏事有关系？"

"世界上不可能有时间旅行，而我却在这里，离自己出生的年代还有好几千年。人不可能变成石头，然而事情还是发生了。这两种不可能……"

"……并不一定会变成可能。"博士接过话头，"不管怎么说，时间旅行都是完全可能的，只是对你们来说太过先进了。"

罗丝抱歉地对温妮莎耸了耸肩，"可把人变成石头……"她说道。

"同样并非不可能。我们谈论的是一种在分子水平上进行转换的操作，这是极为复杂的，虽然平凡的古罗马人很难掌握，但也并非完全不可能。”

“所以，那就不是魔法了。”罗丝说道。

“很明显不是，罗丝。”博士回答道。

“也不是石化病？”

他扬起了眉毛，“哦，原来你真的注意听了。但确实不是，那种病症，石化的进程要花上好几个星期。”

“那……莫非乌尔苏斯也来自24世纪？”

博士摇了摇头，“格拉西里斯从小就认识他。”然而，他又猛地跳了起来，“乌尔苏斯！他在哪儿？”

罗丝耸了耸肩，“我怎么知道？”

“可他把你带到这儿来了……”

“但我没心思注意那些，”罗丝回答，“我当时就忙着直挺挺地站着，让鸽子在我身上拉屎呢。”

博士挥手让她安静下来，“好啦，好啦，我知道……不过，他不会毫无缘由地把你带到这里来，然后又把你丢下……而我就跟在后面，所以他要是往回走，我不可能看不到……”博士已经站起身来，开始四处走动、察看地面了。“脚印！”过了一会儿，他大声喊道，“跟我来！”

罗丝手忙脚乱地跟了上去，温妮莎也紧随其后。

“车子没办法再往前走了，所以他才把你留在了这里。”三人走了一会儿后，博士说道。

“真的吗？”罗丝问道，“你觉得是什么拦住了他？”

此时，他们来到了一片树林，沿着那几乎看不见，或根本不存在的小径往前走。罗丝尝试用长矛开路，但还是被荆棘划破了皮肤和衣服。博士手上虽没有武器，却灵巧地躲开了所有尖刺。

“我真没穿对衣服，”罗丝咕哝着，无比怀念自己的牛仔裤和结实的靴子。“嗷！”她大叫一声，原来是一根细枝卡住了她精心梳理的秀发。罗丝心想，真希望自己还戴着密涅瓦的头盔，“不过也好，至少没人会看到我这副模样还请我当模特，或是去派对扮成密涅瓦了。”

博士边走，边说着自己的想法：“他很可能准备回去找你。”

“前提是他找得到回去的路，”罗丝说道，“因为我不太确定自己能否找到。”他们似乎已经跟着脚印走了好长一段路，但实际上可能并没走多远。只是，罗丝感觉周围每一棵树看起来都差不多。

“可他到底想去哪儿？”温妮莎问道。

博士终于停下了脚步，他看起来依旧整洁体面，连头发也一丝不乱，“我想应该是那里。”

罗丝从一棵树后探出头去。前方是一片空地，虽然很小，但却已经能看见没被树冠遮盖的天空。阳光刺痛了她的双眼，罗丝这才意识到树林里有多昏暗。随着模糊的双眼逐渐恢复视力，她总算意识到了博士在说什么。空地上有一座废弃的小石屋，墙上到处都是破洞。

“那是什么？”她低声问道，“圣殿？”

博士点了点头，“我想是的，”他答道，“非常旧的圣殿，明显已经废弃了——至少对大多数人而言是这样。明天就是五日节了，我猜乌尔苏斯打算在这里独自庆祝。”

这时，圣殿里传出一阵声响——是拖拽的声音。

“也许还没废弃到那种程度。”罗丝说道。

他们像老鼠般蹑手蹑脚地走了过去，透过墙上的裂缝朝里头窥视。见博士对她们皱了皱眉，罗丝和温妮莎便强忍住了紧张的喘息。

他们看见乌尔苏斯就在里面。另外，还有一个女人正背对着他们。虽然无法看清她的面容，但罗丝能清楚看到她戴着头盔，还拿着盾牌和长矛。那女人让她联想到了五十便士硬币上的不列颠尼亚女神[1]，但她似乎不止如此……乌尔苏斯给罗丝戴上了同样的头盔，还让她拿着同样的长矛。那就是说，这人也扮作了女神密涅瓦。罗丝忍不住撇了撇嘴，他明显对这位艺术与战争女神有种偏执，而回想到自己曾成为他偏执的一部分，罗丝不由得感到一阵恶心。

---

1. 被古罗马人神化的形象，是现代英国的化身和象征，通常手执三叉戟和盾，身披盔甲，头戴头盔。

紧接着，女人转过身来。罗丝再也忍不住，倒抽了一口气。有光！那女人的眼睛会发光！她脸上也散发着缥缈的超凡光芒！发丝飘浮在空中，还带着一圈圣光，看起来就像是身处水中一般。

这女人并没有打扮成女神密涅瓦的模样。

她就是密涅瓦。

乌尔苏斯开口道："您的节日即将到来，我创造了最完美的作品来为您庆祝。"

博士用胳膊捅了一下罗丝，并小声说道："他在说你呢！"

罗丝觉得他简直不近人情，便捅了回去，然后专心听着里面的动静。

只见密涅瓦点了点头。"你的虔诚将得到奖赏，"她的声音有如蜂蜜和花瓣般甜美芳香，"只要你向我献祭，我便会满足你的愿望。"

"我不太想看……"罗丝喃喃道。

突然，圣殿里传来了另一个声音，那是惊恐的咩咩声——乌尔苏斯拎来了一只小羊羔。

"我真不想看！"那名雕刻家举起匕首时，罗丝高喊道，"喂！你！停下！"没等博士反应过来，罗丝就已经走进了圣殿。她不忍心看到任何可爱的农场小动物惨遭屠杀……

此时，匕首已经高高举起，她冲向前去，看着刀刃不断往下、往下……罗丝感觉眼前的一切突然变成了慢镜头。

原来，确实变成了慢镜头。女神正用那双超凡、发光的双眼注视着她，她再也无法前进半步。

她隐约感到博士和温妮莎跟着她走进了圣殿。

她也隐约听到羊羔那痛苦得令人心碎的临终惨叫，它的生命渐渐流淌在地，而乌尔苏斯则发出了胜利的吼叫。

然而，此时的罗丝只能看到眼前这位女神，还有她脚下汇聚的鲜血。

令她惊惧的是，鲜血正在不断消失，仿佛这位女神是块海绵，将它吸走了似的。紧接着，羔羊那本就瘦小的身躯开始慢慢收缩，骨肉化作液态，流淌到之前鲜血汇聚的地方，然后又再次给吸了进去，最后连一根羊毛也没剩下。

13

罗丝凝视着羔羊消失的地方，突然感到胃里一阵翻江倒海。

“别伤心，罗丝，”密涅瓦说道，“神也需要食粮。这与你们平日里的进食并无不同——”她顿了顿，仿佛在寻找准确的说法，“就跟吃羊排或羊肉串一个道理。”

“是啊，”罗丝感到有些眩晕，“呃，我以后再也不想吃那些东西了。”

“上前来，博士，还有温妮莎，”女神继续道，“没有人会伤害你们。”

“你确定吗？”博士问道，“要知道，你的追随者乌尔苏斯可在外面祸害了不少人。”

乌尔苏斯上前一步。“跟女神说话时看好你的嘴！”他怒吼道。

博士皱起了眉头。“我觉得那样很困难啊。”他说完便又是噘嘴又是伸舌头，还用眼睛努力去看，结果把自己瞪成了斗鸡眼，同时嘴里还胡言乱语地不知说了些什么。

乌尔苏斯气势汹汹地发出几声低吼，博士耸了耸肩，换回了正常的说话方式，“你是要否认自己为害人间吗？但你确实祸害了不少人，把他们变成了石头。你大可说我是野蛮人，不懂得欣赏艺术，但就算是野蛮人，也至少知道该如何款待客人……我讲到哪儿了？哦，对，就算我不懂得艺术美感，但你用石化充当艺术，我完全看不出有任何美感。”

“艺术赋予万物美感。”乌尔苏斯简单回应道。

“呃，不，那也不能，”博士反对道，“我一比零领先。下一局？”

“没有艺术，生命将失去意义！”

“唔……不管你信不信，我倒是有点儿赞成你的观点。但是我认为，这也是我们的分歧所在：世界上已经有许多艺术形式了，比如马赛克拼花、油画、音乐，还有许多真正由雕刻家手把手雕出来的石像。所以，生命非常有意义，它快乐得很，不需要你用魔法手指四处去把别人变成石头。”

博士话音刚落，乌尔苏斯脱掉手套，高举着双手，露出了里面短胖笨拙的指头。“你知道这种感觉吗？”他说道，“仿佛自己被禁锢在了错误的身体里。”

“呃，其实……”博士抬起自己的手，扭动了几下手指。

“我本应创造艺术。”乌尔苏斯又说道。突然间，罗丝的脑海里闪过一些记忆的片段，似乎在她沉睡之前，就曾经听他讲过那些话。

“于是，你就给密涅瓦献祭，让她——”回忆令她不禁浑身一颤，“赐予你用石头展现美的能力？”

他点了点头，“密涅瓦回应了我的恳求，允许我去完成自己的天职，成为生来就注定要成为的人。”

“可当你发现她的做法时，心里还是有些震惊吧，”博士说道，“真正的工匠用锤子和凿子费尽心力雕刻艺术，而你却需要利用致命的手指去四处谋杀。对了，那些神奇的手套也是她给你的吧？否则，我真不敢想象你挖鼻孔会导致什么后果。”

“我真不敢想象一个……一个神明会做出这种事！”罗丝转身看向密涅瓦，简直不敢相信自己竟会顶撞神祇，“他到处杀人，你就真的无所谓吗？”

她的脸上再次浮现出超凡脱俗的微笑，“当然，他这么做是为了赞美我，还给我带来了许多祭品。”

“罗马诸神可喜欢祭品了，”博士喃喃道，“只要你按步骤完成了祭拜仪式，他们根本不会在意你做了什么。这些神明与崇拜者们有种特殊的关系——‘礼尚往来’。你献祭一头猪，他们就会为你消灭敌人。就是如此。”

“可那么多人……”

乌尔苏斯显得有些困惑，“他们不过是奴隶，我专门买来做这件事的，更何况，有些人会被卖到斗兽场去遭到屠杀的。而成为美的化身，总比在角斗中被砍成碎块要强得多吧？”

罗丝多次尝试张嘴，但每个反驳的理由都没能说出口。没想到身在地球，她竟会遇到比外星更加陌生的情况。“可奥泰托斯并不是奴隶。”她最后彻底放弃了争论“杀人不对”的观点，而是挤出了这么一句。

乌尔苏斯嗤笑一声，“格拉西里斯那蠢货，谁叫他一直求我为他那可悲的儿子制作礼物，无论我怎么拒绝都不听。当我默默无闻、屡屡失败时，他对我不屑一顾。等我在罗马出了名，那人立马贴了过来。”他得意地笑道，“更何况，他答应给我那么多钱，我又怎能拒绝呢？”

“反正如果换成是我，一定会想办法的，”罗丝对他说道，“你的所作所为完全是……罪大恶极。那么多人都死了！”

“事实上，”博士插话道，“我马上就要把他们变回来了，”他看了一眼手腕，就像自己真戴了块表似的，“差不多两天后吧，还记得吗？用我那瓶奇迹解药……”

博士话音渐落，罗丝便转过头来，看见他微笑着站在那里。那是她熟悉的微笑，是代表着重大发现的微笑。

“怎么了？”她问道。

“这里似乎出现了太多的奇迹，你不觉得吗？”

她赞同道：“对啊，不过神明就是干这个的，对不对？”

“我见识过不少奇怪的东西，”博士说道，“大多数人甚至都不相信它们存在，比如邪恶的雪人、狼人、恶魔和吸血鬼。可是，要说拥有奇迹力量的罗马诸神？这我可就不信了。”

乌尔苏斯立马上前一步，“看好你那张嘴！”

“又来了！”博士回应道，“总叫我做这么不舒服，而且生理上不可能的事。我就直说了吧，女神密涅瓦是不是某天突然就出现在你面前了？”

乌尔苏斯得意地点了点头。

“在此之前，你已经崇拜她了很多年，并且不断为她献上祭品？”

“是的。”

“博士，小心点儿，”罗丝压低声音说道，“她就站在那儿呢。”

“不过，她没怎么说话，对不对？”博士大声说道，“只是特别神圣地站在那儿罢了。事实上，她似乎只在有人跟她搭话时才会开口，那可不像是正经神明会干的事儿。”突然间，他的双眼似乎亮起了跟女神一样的光芒，“温妮莎！”

女孩儿匆忙走上前来，“怎么了？”

“2375年？”

“是的。”她困惑地回答。

“撒丁区？”

“对。”

“泰贡研究室？”

“没错。”

“既然如此……”博士说着，转身看向密涅瓦。她仍然站在那里，神圣而威严，“那我就希望看见你真实的模样。”

随后，罗丝似乎听到了一阵声响，好像有什么东西在耳边轰然炸裂了。紧接着，密涅瓦不见了，像是关掉了电源一般，就这样凭空消失了。而她原本站立的地方却多了只纸盒，侧面还印着“SM[1]”的字样。只见纸盒边缘探出了一个披着鳞片的小脑袋，它看起来既像一只幼龙，又与鸭嘴兽有几分相似。

一切都发生得太快了。

乌尔苏斯大吼一声，近乎尖叫起来：“你都干了些什么！”他举着依然沾满鲜血的献祭匕首，径直向博士冲去。

此时，温妮莎大喊了一声：“就是那只盒子！我父亲房间里的盒子！”她边说边跑向纸盒，正好挡在博士和激怒的雕刻家中间。

博士猛地扑过去，“温妮莎！别过来！”

就在乌尔苏斯快要刺向温妮莎的瞬间，博士来到了两人身边。

他一把挡住了乌尔苏斯的手臂，将匕首打偏，但乌尔苏斯已

---

1. 萨尔瓦托里·莫雷蒂名字的首字母缩写。

经将她推向一旁。温妮莎跌落在地，变成了石头。

罗丝向乌尔苏斯冲去，口中大喊道："不！"她跳到他的背上，想尽办法避开他的双手。乌尔苏斯失去了平衡，向前扑倒在地。罗丝等着他挣脱开来抓住自己，但他并没有。随后，她看见乌尔苏斯身下渗出了鲜红的血液。

原来，他倒在自己献祭的匕首上，已经死透了。

罗丝小心翼翼地站起身来，希望眼前这一切都只是一场梦，只是她情急之下看到的幻觉。

但这并不是幻觉。她看着博士伸到空中的双手，他高昂着头，急切地想要解救温妮莎，俊俏的面庞很是坚定。这一刻将博士的精神体现得淋漓尽致，而这一刻也成了永恒。

罗丝强忍住啜泣，四处寻找博士给她的小玻璃瓶——让她恢复原状的奇迹解药。不久后，她找到了，但里面的药水早已用得一干二净。

尽管如此，她还是打开瓶塞，将瓶口对准了他那一动不动的头顶。然而，瓶里终究还是没有流下一滴液体。

罗丝再也无法控制住眼泪。"博士！"她哭道，"哦，博士！我们为什么要来这里！这都是我的错！你来这儿都是我的错！都怪我想当什么模特……真希望你没有听我的话。真希望你从没来过这里。我……"

罗丝惊讶地转过头去，因为她又听见了那种声音——好像……是雷声？可外面的天空平静晴朗。她又竖起了耳朵仔细听，却已经听不见了。

当她再把头转回来时，瞬间感觉眼前好像少了点儿什么。

地上滚落着一座女孩的雕像，旁边的纸盒里装着一只嘴巴很奇怪的东西，而她面前正躺着一具男人的尸体。这可……不太好，但她知道这些本就应该在这里，而且除此以外，就再也没有别的东西，或是别的人了。

这里从未有过任何别的东西。罗丝显然是弄错了，眼前并没有缺少什么。

14

罗丝感觉有点儿头痛。她一直努力思考，但还是不明白自己为何出现在了公元2世纪的古罗马，又为何会来到这座废弃的圣殿里。

她是罗丝·玛丽安·泰勒，来自21世纪的伦敦。她与母亲杰姬住在鲍威尔小区的公寓里，后来她遇到了——没错，博士！博士是最后的时间领主，总是驾驶着他的飞船塔迪斯穿梭时空，那艘飞船里面比外面大！所以，那就是为什么……不，她没有跟博士一起来，这一点她很确定。她上次见到博士是在伦敦，他们一起去了大英博物馆，参观罗丝打扮成福耳图娜的雕像。那她究竟是如何来到古罗马的？瞬间传送技术？物质传输器？对，一定是类似的东西。又或者，她被外星人绑架了？对，一定是了。她又不是头一次遇到这种事。另外，这里发生了什么？她依稀记得温妮莎——对，地上的石像是温妮莎，还有雕刻家乌尔苏斯，他倒在自己的匕首上死了。可她实在不清楚事情究竟是如何发生的。等等，那盒子里的东西，那一定就是绑架她的外星人！不，不，那不是，那是别的东西……是一位神祇……

罗丝的大脑开始拼凑起一幅看似可信的画面。只要她不太过分推敲细节，那一切就都能说通了。

可她毕竟是罗丝，只要她愿意，就会拼命思考，一直想个不停……

“哦，真希望能想起自己是怎么来到这儿的！”她不禁叹道。

这时候，她又听到一阵轰鸣。“哦，好吧，如果必须如此，我会满足你的。”那只像龙一样的东西说道。

突然间，几分钟前发生的事就如梦境一般。罗丝终于知道她是如何又为何会来到此地的。但最重要的是，她意识到博士不见了……

她踉跄着向后退去，既震惊又惶恐。博士……不见了。这里甚至没有一丝他来过的痕迹。

“博士！”罗丝狂乱地大喊着，“博士！”

然而，没有人回应。

她实在太过慌乱，过了好一会儿才发现乌尔苏斯的异样。

献祭羔羊的遭遇在罗丝眼前重演了。她万分惊恐地凝视着死去的雕刻家，那双曾经致命的手已经开始起泡，随后就像蜡一样化开了；手指的骨头只裸露了片刻，便如皮肉那般很快消融了；眼球也渐渐变形，顺着苍白枯槁的面颊流淌下来，随后又被吸入眼窝，混合到已变成糊状液体的面部血肉当中；空荡荡的血管，裸露的肌肉，枯萎的肺部和腐坏的心脏瞬间闪过，仿佛生物书上的解说示意图，然后尽数快速融解了。地上仅剩的那摊浓稠液体，先是向外蔓延，随后又渐渐退去，好似潮起潮落。

盒子里那只披着鳞片的东西不断吸食着这摊液体。

突然间，罗丝听到一阵咕噜声，那声音就像是用吸管抽尽了奶昔，而与此同时，最后那点儿乌尔苏斯也随之消失得无影无踪。虽然罗丝已经见识过了太多死亡，可她此刻还是用双手捂住了嘴，努力不让自己吐出来。

“非常感谢你，”那东西说道，“这应该足够我维持一段时间了。”

罗丝试着把那幅画面赶出脑海，于是将注意力转向了更重要的事情，“博士去哪儿了？”她问道，“你对他做了什么？”

“博士？”长着鸭嘴的小龙回应道。它的声音与方才扮成密涅瓦时截然不同，听起来更加中性，也更微弱，“这里没有博士。”

“不，这里有！”罗丝坚持道，“你都知道怎么称呼他，所以一定知道他是谁。”

“我想你弄错了，”那东西回答，“我并不知道他，这里不曾存在过任何博士，不信你随便去问别人。”

罗丝难以置信地笑了起来，“我能去问谁啊！博士不见了，温妮莎变成了石头，而你刚才像猫舔奶油一样把乌尔苏斯吸入了体内！告诉我，你到底是谁——是什么东西？！”

小东西咂了咂扁喙。“我是灯神。”它答道。

罗丝惊叹道：“灯神？”

“没错，就是一台基因工程神经想象引擎。”

“什么？”

“灯神。”

“你是说——你不会是——不会是一个实现愿望的东西吧……”

“你错了。我并非不会是一个实现愿望的东西。”

“什么？”罗丝再次惊呼道。

“这句话的意思是，我就是一个实现愿望的东西。这就是我的主要设计功能。”

“是温妮莎的父亲设计的？”

“没错，萨尔瓦托里·莫雷蒂是我的主创人之一。”

罗丝开始拼凑这些信息碎片，“所以，当温妮莎说她希望住在古罗马……”

“我就实现了她的愿望，送她来到了正确的时间，并赋予了她相应的语言能力和服装。这些工作需要消耗大量能量，但我很幸运，因为我所处的时间和地点正好拥有大量的能源储备。我也很庆幸她没找我说要回到原来的住处，因为我恐怕很难再获取足够的能量。”

罗丝还在努力尝试接受眼前的事实，“我想，温妮莎根本就不知道你存在。她完全不知道自己是怎么到的这里。”

“啊，”灯神突然有些尴尬，“为保证时间旅行顺利进行，我必须跟随许愿者一同前去，但中间的运算出现了一点儿问题，所以我们到达这个年代后被迫分开了。不过，考虑到我成功计算出了时间旅行的有效公式，并几乎马上找到了实践方法，不仅将我们传送到了两千年前，还跨越了数百英里，所以我认为，那点儿细小的失误根本就不是问题。”

“对，博士也经常这样说，”罗丝回应道，“但连他也说服不了我。”一想到博士，她就感到喉咙一哽。罗丝再次尝试转移话题。“还有乌尔苏斯！”她说道，“他许了用石头创造美的愿望，甚至很可能提到了希望用自己的双手来实现。可他没有提及任何雕刻或使用凿子的技能，所以你就照自己喜欢的方式实现了他的愿望。”

“人类许愿不够具体全面，这又不是我的错。不管怎么说，他好像也并不介意。”那东西说道。

“他确实不介意，因为很明显，他是个疯子。”罗丝回答道，“可你得知道，就算有人说‘我希望’，那也并不代表他们就真的指望自己愿望里的每个字都被——”

说到这里，方才的某个场景突然闪过了罗丝的脑海，她不禁感到心里一沉，双腿发软，于是慌忙坐了下来。紧接着，她发现自己坐在了温妮莎身上，便又慌忙站了起来。

“我刚才说……”她又开了口，但却无法强迫自己继续说下去。于是，她做了个深呼吸，“我刚才说‘真希望你从没来过这里’，这是我对博士说的，而你……”她用力摇了摇头，“我在说什么呢？这简直太疯狂了。灯神是神话人物，是《一千零一夜》里的故事，我不相信你，也不相信你有实现愿望的能力。”

灯神闻言挺起了身子，一双覆盖着鳞片、有如猴爪的小手紧紧抓住了纸盒边缘。

“那你就试试看！”

“试就试！”罗丝挑衅地说完，却又犹豫了起来，“等等。我是不是只有三个愿望？如果……我可没说我相信你，只是，如果是真的，我可不想把它们浪费掉。”

灯神叹了口气，“只要能量足够，我就可以肆意实现愿望。不过，限制愿望的数量也并不是个坏主意，我可能会考虑考虑。否则，我的资源会一直处于枯竭状态……”

“好吧，”罗丝拼命思考起来，“得许个最简单且无法遭到曲解的愿望，另外也不能伤害任何人。我希望……希望我有一袋薯条，土豆做的，热的，带盐和醋的薯条。再来一把叉子。他们这儿可没有叉子，也没有土豆，如果你能实现……”

她话音未落，就听见了熟悉的雷声。转眼之间，罗丝手上就多了只袋子——一只纸袋，金黄色薯条的油脂已经开始从里面渗出来。她小心翼翼地叉起一根放进嘴里。这袋薯条堪称完美，不太软，也不太脆，温度正好，还有恰到好处的盐醋调味。

“哇哦，”她惊叹道，“好吧，如果我被永远困在这里，至少不用担心饿死……”

永远困在这里……

没有博士，没有塔迪斯？

突然间，罗丝脑中闪过了一个念头。“等等，”她说道，“我能许愿撤销自己先前的愿望吗？”

“我不建议你这么做。”灯神抽着鼻子答道。

“为什么？”罗丝愤愤不平地追问。

“很明显，”灯神回答，“这个‘博士’从未到过罗马，所以他从未来过这里，所以你之前就不会许愿他不在这里，所以我从未实现那个愿望，所以就不存在可以撤销的愿望啦。”

罗丝思考得头都要炸了。她呆呆地抓起一根薯条，放到嘴里嚼了起来，“好吧，那如果我许愿——事先声明，这可不是愿望，我只是在分析。如果我许愿温妮莎从石头变回来，”她嚼着薯条说道，“那不算撤销愿望，因为事情的源头是乌尔苏斯的手，没有人直接许愿让温妮莎变成雕像。所以这可以实现，对吧？”

“理论上可行，”灯神又抽了抽鼻子，“不管怎么说，我只管实现愿望，不负责给许愿人当顾问。”

“你只想搞恶作剧，”罗丝说道，“你会怂恿我许愿，就算真的能实现，也只会给我一双能够把石头变成肉的手，所以每当我碰到一块石头，它都会变成一坨肉，对不对？或者她会变成……一座活的雕像，要么就是尸体，或其他可怕的东西。”

灯神叹了口气，“说真的，人类不准确描述自己的愿望，那真不是我的错。我只是遵从机体内搭载的逻辑电路行事，人类不这么做能怪我吗？”

“因为我们体内没有逻辑电路。”罗丝回答道。

“啊，我就怀疑有这种可能。”灯神说道。

“是啊，可那并不意味着我们没有逻辑思维的能力。”罗丝告诉他，“我正在考虑自己要许什么愿望。如果我……不。假设我……不。或者……不。”她握紧了拳头，“唉，你知道这有多烦人吗？”

“你希望我知道吗？”灯神问道。

“不，一点都不！好的，我想到了。一个绝对不会出错的愿望。”她说着大笑起来，“瞧瞧我，真是个天才！”

她再次拿出了曾经装有奇迹解药的玻璃瓶，“这里面曾经装了某样东西，能把人从石头变回来，对不对？所以……我希望里面再次装满同样的东西。”

她耳边果然又响起了轰鸣声，随后……“太棒了！”玻璃瓶里已装满了翠绿色的液体。

“你瞧，这并不难，对不对？”罗丝得意扬扬地说道。

“事实上，这非常困难，”灯神回答，“这配方出奇地复杂，是我闻所未闻、见所未见的。”

“好吧，只要管用就行。”罗丝并没用心听灯神的话。

她小心翼翼地拔出瓶塞，然后倾斜瓶子，让一滴液体落到了俯卧在地的温妮莎身上。

这真的是“奇迹”，罗丝心想。只见白色大理石突然染上了色彩，仿佛突然间，整块调色板的颜料都洒在了上面。那些色彩迅速蔓延，直到没有半点儿石头剩下。紧接着，伴随一阵颤抖，一个充满生气的女孩趴在了地上。

罗丝扶着温妮莎的手臂帮她坐了起来。

“你先听我说，千万不要说你希望什么。我知道你想问‘我这是在哪里？’和‘发生了什么？’。”罗丝对她说道。

“我确实想问。”温妮莎谨慎地回答。

“好的。首先，你还在那座废弃的圣殿里；其次，刚才乌尔苏斯把你变成了石头。现在，你又变回来了。”

温妮莎跳了起来，不安地环视着四周，“乌尔苏斯！他在哪里？”

罗丝朝灯神挥了挥手，“你那位长鳞片的朋友把他给吃掉了。”

“我的朋友？把他吃掉了？”温妮莎恍然大悟，“那是……那是我看见的盒子……”

“对，就是24世纪时，你在父亲书房里看见的盒子。”罗丝替她说完了整句话，“盒子里的东西就是灯神，出自你父亲之手，是它实现了你回到古罗马的愿望……”

罗丝把自己的发现以及这里发生的事情都解释了一遍，最后谈到了消失的博士和她许愿的经历。让她略感惊讶的是，温妮莎并没有她想象中的那般害怕。或许在早于自己两千年前的世界生活上几个月，人就会变得更加淡定。不过……好吧，温妮莎看起来反倒是很高兴，几乎有些欣喜若狂了。

“怎么了？”罗丝问道，“我说了什么笑话吗？我怎么没印象啊。”

温妮莎的眼中闪耀着喜悦的光芒，“可是罗丝，你没发现吗？我只要许愿自己……”

罗丝迅速捂住了温妮莎的嘴巴，没让她说下去，“先等一等！你没听我说吗？小心自己许下的愿望！”

但温妮莎并未退缩，“我能回家了！我已经知道是什么带我来到这里，现在我只要许……”

罗丝又连忙把手捂了回去，“喂，喂，喂！要是你许‘那个词’回家了，那我跟博士该怎么办？我要怎么把他弄回来？再说了，灯神说它不能撤销愿望，那谁又知道它能不能带你回家？要是它能，恐怕早就自己许愿回去了。”

灯神一直在旁边饶有兴致地听着，此时却长叹一声：“很遗憾，创造我的人决定限制我的能力，所以我只能实现别人的愿望，自己并不能许愿。”

罗丝皱起了眉，“好吧，可是，**先声明我可没在许愿啊**，假设温妮莎……呃……表明了一个期望，比如把她送回家，并确保她安全，那你能做到吗？”

灯神想了想。“我或许能实现，”它说道，“当然，正如我刚才解释的那样，如此大跨度的时间旅行需要用到大量能量。”

“对，我知道，”罗丝回答，“可你已经做过一次……”

“当时我有条件从全球电力系统中获取能量。”它解释道。

“你的意思是——当时灯光熄灭是你造成的？”见罗丝松开了手，温妮莎说道，“是你吸掉了电力？”

“哦，那当然。否则你觉得是谁？”灯神得意扬扬地说道，“然而，我们所处的这个原始文明并不存在电力，因此我不得不以一种更为原始的形式获取能量。”

罗丝再次感到一阵恶心。“‘神也需要食粮’，”她学舌道，“那就是你获取能量的途径。”随后，她又转过去告诉温妮莎：“那就是为什么它吸掉了乌尔苏斯的身体。”

“没错。”灯神附和道，“但是，恐怕我现在并没有足够的能量来实现时间旅行的愿望。”

罗丝扬起了一边的眉毛，“我们肯定不会替你杀人的！告诉我，你还需要多少？或许我们能给你找一两块牛排过来。”

灯神陷入了沉思。

最后，它说道："我计算了去往2375年需要耗费的能量。"

"然后呢？"温妮莎急切地问道。

"假设将我上一次摄取的能量……"

"你是说'死人'。"罗丝纠正道。

"作为平均值，"灯神继续道，"那么，我还需进行一百七十一万八千九百零二次摄取，才能实现这样的愿望。"

这一次，罗丝真的无言以对了。

15

罗丝和温妮莎一言不发地坐在那里，努力想要制订出一个可行的计划。罗丝心不在焉地抓起了一根已经凉掉的薯条。“变出两根薯条说不定就得消耗乌尔苏斯的两条腿。”她说完便放下了餐叉。

“哦，不，”灯神解释道，“那是个很简单的愿望，可能只用了一只眼球而已。”

罗丝毅然决然地推开了那袋薯条，然后站起身来，“我们不能干坐在这儿等着许愿——我是说，指望着让事情自己发生。”她说到一半，慌忙地纠正了用词。

“那我们是要出去杀掉许多人吗？”温妮莎沮丧地说道。

“这里可是罗马，”罗丝假装在思考这个问题，“我们可以盖一座假的斗兽场，让这位灯神朋友伪装成狮子。”然而，她又摇了摇头，“不，我们需要借助另一种获取能源的形式，比如风力发电或太阳能板之类的。”

“那与此同时，我们该如何生存呢？”温妮莎问道，“难道就坐在这儿，许愿吃薯条？”

罗丝耸了耸肩，“你都在这儿生存了这么久，”她继续道，“我建议，我们回去找格拉西里斯。博士说他两天后就会把所有人都变回来，可如果他已经不在这里了，”她举起了玻璃瓶，“那我们就只能主动站起来充当英雄了。”

“博士就是那个跟你一起来到这里，然后你许愿让他消失的人？”温妮莎问道。

“就是他。”罗丝回答。

温妮莎点了点头，“可我们走了，它……”她指着灯神。

“我可不打算把它留在这儿。”罗丝果断地说道，“灯神，你之前不是伪装成了密涅瓦吗？”

“我只是遵循了当时那位拥有者的意愿。”灯神答道。

“好吧，随便你。但如果我们把你带走，你得先变成别的东西，比如一条狗。”她又看了看温妮莎，“罗马人养狗吗？”

“应该养吧。”温妮莎的语气一点儿都不确定。

“那你知道是些什么宠物吗？最好是能用绳子牵住的那种。”

温妮莎想了想。“我见过一些人牵猴子。”她最后答道。

“太棒了，”罗丝说道，“很好，灯神，变成一只猴子。”

灯神不耐烦地回应道：“你得许愿……”

“行，没问题，听你的。灯神，我希——等等！”这一回，罗丝用力捂住了自己的嘴巴，“如果我……表达了让你变成猴子的意愿，你就会变成一只货真价实的猴子，对不对？毛茸茸的小猴子，钟爱香蕉，但就没有实现愿望的能力了。”

“哦，你终于学会思考了，”灯神叹道，“为何要剥夺我的乐趣呢？”

罗丝瞪了它一眼，然后小心翼翼地告诉它：“我希望，当罗马人能看见你时，你就会幻化成猴子的外形，同时保留所有灯神的能力。”

紧接着，雷声响起。“如你所愿。”灯神说道。

“可你跟刚才一样啊。”温妮莎不禁质疑道。

灯神万分委屈地叹了口气，“因为眼前没有罗马人能看见我啊。我可是一字一句地实现了那个愿望。”

“那我们只能相信它了。”罗丝说着，拾起了地上的纸盒。

靠近之后，罗丝可以闻到灯神身上有股淡淡的金属味儿，它的鳞片也在一缕透入圣殿的阳光中反射出了古铜色。这让她突然相信了这是一件人造出来的东西，一个造物，而并非什么奇怪的外星人。与此同时，她又对它心生怜悯。眼前糟糕的状况确实不是它的错，它只是执行了赋予给它的功能，或者说，它认为赋予自己的功能。罗丝从未真正理解过人工智能的概念，也不确定自己能否完全接受让一台电脑自己思考，甚至是产生愿望和梦想（尽管她已经看了两遍斯皮尔伯格导演的《人工智能》，但那只是因为里面有超级帅的演员裘德·洛），但她或许可以接受让人工智能认为自己可以思考，而实际上却并不能。或者……不，她决定还是不要再想了。

罗丝有点儿担心她们永远也找不到离开树林的路。但幸运的是，他们来的时候已经几乎踩出了一条小道。因此，在途中稍微绕错了两个弯后，她们还是找到了乌尔苏斯的驴车。罗丝总算松了一口气。那头驴依旧静静地站在那里，丝毫不关心身边发生过戏剧性的死亡和时间旅行，也不关心有人孤立无援地来到了两千年前的过去。罗丝把灯神放到车上，然后跟温妮莎一起爬到了前面，试着把驴车赶回格拉西里斯的庄园。

玛西亚一见到她们，就快步迎了上来，“罗丝，你没事！感谢众神！我们实在是太担心了。哦，这只小猴子多可爱呀。”

罗丝原本临时编造了一些说辞，想谎称那只是小孩儿的玩具或是异国珍兽，但当她转身抱起灯神的盒子时，却终于如释重负地舒了口气——一只最可爱、最调皮的巧克力色小猴子正用一双大大的深色眼睛看着她。灯神果然实现了她的愿望。

“你一直都带着它吗？”玛西亚好奇地问道，“我不记得……”

“呃，对，我一直带着，”反正他们的记忆已经被篡改过一次了，再来个善意的谎言也并不过分，“不过，这小家伙特别爱睡觉。”

温妮莎从驴车上爬了下来，静静地站在一旁。她们这才刚进庄园的边界，她就变回了那个羞涩的小女孩——不过，她本来就不太爱说话。

“好吧，”玛西亚转身准备往回走，“我得回去了。今天来了几个朋友，我们本来是邀请他们来参观奥泰托斯的雕像。尽管后来情况有变，但收回邀请还是显得太不礼貌了。你们也都来参加派对吧。”

“哇，”罗丝对温妮莎耳语道，“这里肯定发生了什么好事，她待你像个活人呢。”

但温妮莎却苦笑道：“我猜她是在说你跟那只猴子……”

于是，罗丝把纸盒递了过去。灯神趴在盒子边缘，就像一只趴在车窗上的宠物狗一般打量着周围。“给，”罗丝说道，“我任命你为我的官方宠物猴管家，这样他们就不会抱怨你出现在派对上了。”

温妮莎接过盒子，“如果玛西亚那么担心你，那就证明……你还是失踪啦？”

罗丝耸了耸肩，不知如何作答，“我猜是吧。”

“可如果你的博士朋友从未到过这里……”

“如果博士从未到过这里，我也从未到过这里。”罗丝分析道，“哦，我的天！我不该在这里！我根本不该在这个地方！所以……这一定是某种悖论。时间有可能在尝试自我修复，把我留在这里也是其中的一部分。”

她们跟随玛西亚走了进去，罗丝又咕哝道：“我真不该出现在这里……”

庄园里来了许多人，显然都是玛西亚的邻居。里面有几对夫妇，其中一对明显是在冷战，一旁的小女孩似乎是他们的孩子；旁边有个丑陋的中年女人，身上穿了件艳黄色的丝绸长袍，看上去极不协调；一位年纪较长的老妇人，全身挂满了珠宝，头上还戴了顶鲜红色的假发；一名俊俏的青年，身上披了件绿色的斗篷；还有三四个长相平庸的男人，正在一边儿放声大笑，从他们刺耳夸张的声音判断，这几个人已经有点儿喝醉了。

罗丝原以为这就像是家里那种无聊的派对，所有客人都站着喝酒聊天，但她发现，所有人都像那天晚餐一样躺在长椅上，看一群衣衫暴露的非洲姑娘跳舞。

“格拉西里斯在哪儿？”罗丝一边小心翼翼地躺在玛西亚给她安排的长椅上，一边问道。

温妮莎则学着其他奴隶的样子站在罗丝身后，依旧抱着装灯神的纸盒。

“哦，亲爱的，他到罗马去找你了。我们实在是太担心……”

罗丝皱起了眉头，她知道此事原本与博士有关，“那他是一个人去的？”

玛西亚迷惑了好一会儿，“那……那当然啦。不，不，我想……

那个奴隶温妮莎出去找你了，一直没有回来。于是我丈夫说——呃，我不记得他说了什么……哦，对了，如果温妮莎回来，我得给他传个信。我猜最好现在就……”

“传信给谁？”罗丝问道。

“给……当然是……给我丈夫呀。”

玛西亚对自己的话没有一点儿把握，罗丝不禁替她感到难过。看来，时间并没有把自己修复得很完美，它仿佛只是往伤口上贴了一张膏药，然后就一切听天由命了。博士参与的每件事现在都变成了每个人脑海中的模糊记忆——只有她除外。灯神和它的许愿功能真是蠢透了！如果以后再也听不到那奇怪的雷声，罗丝一点儿也不会感到遗憾……

轰！

罗丝吓了一跳。她身边再也不是玛西亚，而是变成了那位身披绿斗篷的青年。

他也吓了一跳，惊呼道：“哦！”

“别告诉我，”罗丝笑着说，“你刚才希望能跟我认识。”

“呃，既然你这么说了……”他说道。

“我叫罗丝，”她挺喜欢青年那双深蓝色的眸子和他那略显尴尬的微笑，“罗丝·泰勒。”

“克里斯帕斯。昆塔斯·朱尼厄斯·克里斯帕斯。”

这时候，一名奴隶给罗丝送上了酒水，她顺手接过来，却没有喝下——因为，她还记得上回喝酒后发生的事儿。她正回想着，克里斯帕斯却突然说了一句“乌尔苏斯”，吓得罗丝险些滚下长椅。

她强迫自己冷静下来，然后问道：“乌尔苏斯？他怎么了？”

“听说他正在以你为模特制作雕像，所以我也想看看。”

“呃，好吧，那件事儿可能吹了。”她告诉他，“我后来想了想，觉得自己不适合当模特。”

“哦，”他显然没有太明白，“真可惜，我想科妮莉亚很想找你说话。”

罗丝皱起了眉，“科妮莉亚？”

他指了指那位穿着艳黄色长袍、身形健硕的女人，“科妮莉亚，乌尔苏斯的母亲。”

罗丝愣住了。她可不想跟那位女士聊天，然而为时已晚。女人发现了她的目光，便决定抓住机会与她攀谈。她走了过来，那远称不上优雅的步伐让罗丝联想到了走在决斗场上的牛仔。乌尔苏斯的笨拙显然是家族遗传。

“你一定就是罗丝了。”她说着，伸出了一只手。

罗丝看着她那粗壮的粉色手指，脑中不禁闪过乌尔苏斯在工作室里向她伸出手来的画面……她无法与这女人握手，真的做不到。

过了一会儿，那只手缩了回去。罗丝真希望地上能开道缝儿让她钻进去。当然，如果她真的大声说出来，说不定会发现自己正一路坠落到澳大利亚去——不，地球上意大利的另一端是哪里？新西兰？

科妮莉亚又说起话来，把罗丝猛地拉回了现实。“看到儿子没在这里，我真是太失望了。”那女人说道，“这话我只告诉你，他曾经一直让我失望不已，所以当他终于获得成功时，我感到格外高兴，即便他只是一个小工匠。”她微笑着打量罗丝，“现在，他找到你来为雕像当模特，这多么令人高兴呀。我敢肯定，他迫不及待地想把你的年轻美貌化作永恒。”

罗丝挤出了一个“哦，没有，不尽其然”的表情，但依旧不敢说话。

“我真希望你能把一切都说给我听。”科妮莉亚说道。

于是，罗丝的耳朵里又响起了一声轰鸣。灯神听到了！她张嘴正要反对，却说出了别的话来：“你儿子给我下药，然后把我变成了石头。他的力量来自一台诞生于24世纪、伪装成女神密涅瓦的基因工程神经想象引擎。我的朋友，一位不曾来过这里的、最后的时间领主和一名来自未来的小女孩儿，他们把我变了回来。然后，我们追踪乌尔苏斯来到了一座废弃的圣殿，他在那里把他俩也变成了石头，而我让他跌倒在了自己的利刃上当场毙命。后来，他的身体被灯神吸食了，而灯神就是你眼前的这只猴子。”

科妮莉亚似乎马上就要晕过去了。

罗丝焦急地思考着接下去该怎么办，但就在此时——

轰！

罗丝知道自己没有“大声”许愿让什么东西分散他们的注意力。然而，她却心想事成了。欢聚一堂的罗马人突然爆发出惊叹和欢呼，非洲舞女们却乱了原本整齐有序的舞步。因为，她们原本就暴露的衣着，竟直接消失得无影无踪。舞女们既狼狈又窘迫，匆匆离开了宴会厅。罗丝怀疑是那两个一脸茫然又难以置信的男人许愿变走了她们的衣服。

轰！

“冷战”夫妇的小女儿突然尖叫了起来。她的父亲消失了，就这么凭空不见了踪影，仿佛从未存在过。她的母亲也惊呆了，但罗丝能感到她脸上还带着些许欣喜。

轰！

只见老妇人也消失了，而她的长椅上却多了个小婴孩，稚嫩的哭声被一顶红色的假发给盖住，听起来模糊不清……

“我猜她是想重获青春吧，”罗丝咕哝道，“但估计没料到自己会变成穿尿布的奶娃娃。”

温妮莎惊恐万状，举着灯神的盒子努力让它离自己远点儿。

罗丝跳起来快步向她走去，“在事情变得更加糟糕之前，我们得赶紧离开这里。”她拿过盒子说道，然后又瞪了一眼小猴子，“快住手，你这……强行实现愿望的东西。”

“这就是我的功能。”灯神纯属多余地解释道，“假如我有足够的能量，就必须满足听到的所有愿望。啊哈！”

一声轰鸣再次传来，罗丝无须猜测就知道灯神的欢呼所为何事。她慌乱地四下张望，想知道它又实现了什么愿望。

过了好一会儿，她才发现那个克里斯帕斯的衣服突然间变成了深紫色，头上还多了顶桂冠。当然，他本就应该这么穿，因为他是皇帝，帝国的最高统治者，罗马的第一公民。而她，罗丝……是他的……情妇？

宴会厅里的人都躬下了身子，有的更是拜倒在地。罗丝几乎要跟他们一同行礼。

然而，她很快便停了下来。她是个来自21世纪的姑娘，卑躬屈膝可不是她的天性。但不管怎么说，事情不该是这样的，肯定是出了什么问题……

等等，她根本就不是任何人的情妇。那奸诈的小子！她刚才还觉得那人挺不错……罗丝想起来了。

她低头望向怀里的盒子。

里面有只小猴子，不，是灯神，可以实现愿望的东西。眼前这一切都不是真的。“你不是皇帝！”她大喊道。

这下可闯祸了。大厅里的人纷纷惊讶地喘着气。

克里斯帕斯跳了起来。“什么？我要砍了你的头！抓住她！”他专横地吼道。

罗丝一把抓住匍匐在地的温妮莎，想把她往门口拽。

“放开我！”温妮莎挣扎着大喊道，但罗丝不能把她独自留在这群疯子中间。

喝醉的男人纷纷站了起来，几名壮硕的奴隶已经朝两个女孩儿走了过去。罗丝加快脚步奔向门口，温妮莎则踉踉跄跄地跟在后面，但奴隶们还是渐渐逼近了。

“快跑啊！”她对温妮莎大喊道。

“要是逃跑，皇帝陛下会杀了我们！”温妮莎抱怨道。

“他不是皇帝！”罗丝气喘吁吁地顶了回去。

温妮莎抱怨得更大声了：“你这样说，他会杀了你的！”

“那我就得死上两回了，帝王式的赶尽杀绝，可真典型。快跑！”

一名奴隶抓住了温妮莎的丘尼卡，她立马尖叫起来。罗丝转身想去帮她，但自己的胳膊也被另一名奴隶给死死钳住了。奴隶开始把她往克里斯帕斯那边拖，罗丝一不小心，失手掉落了那只装着灯神的盒子。罗丝意识到，机会稍纵即逝。或许，许愿只会让她逃脱狼窝又落入虎口，可她还是得许愿，因为狼已经咬上来了……

她想不出究竟该说些什么，想不到绝对不会遭到曲解的安全说法。安全……这就是关键，也是现在唯一的目标。

“我希望我和温妮莎都安全！”罗丝大叫道。

轰!

一切都消失了。

16

罗丝来到了虚无之境。只见四面八方、目光所及之处皆白茫茫的一片，就像是深埋在温暖干燥的雪堆里一般。她看见温妮莎也在那里，可周围空荡荡的，很难分辨出距离的远近。她可能只在十米开外，但也可能有几百米远。罗丝的双眼努力适应着周围的虚无，不禁感到一阵头晕目眩。她本想坐下来，却又看不到自己站在何地，于是决定先不要莽撞行动。此时此刻，她只能联想到儿童图画书里的天堂，也不知道是否会有捧着竖琴的天使从头顶飞过。

她这是死了吗？

罗丝希望自己安全，不过仔细想想，好像也没什么比死亡更加安全了。毕竟死了就再也没有东西能伤害你了。

但她依旧能感到害怕，感到方才因逃跑而激起的怦怦心跳，还能感到先前几小时内身上多出来的裂口和擦伤在隐隐作痛。如果真的死了，那么这些感觉就应该会消失了吧？

罗丝努力抑制着眩晕的感觉，想朝温妮莎靠近一步——或至少，离温妮莎看似容身的地方更近一些。她感到天旋地转，无从知晓自己到底有没有移动，可她还是努力迈着步子。转眼间，温妮莎就已经在她触手可及的地方了。罗丝吓了一跳，踉跄着向后退去，与女孩的距离也愈发遥远。

她咬紧牙关，强迫自己再次往前挪步。过了一会儿，她又来到了温妮莎身边，两人已近在咫尺。罗丝伸出一只手，终于抓住了那女孩儿的手臂。

“我可不想把你弄丢了！”罗丝说道，其实也是想让自己平静下来。

温妮莎看起来惊恐万分，“我们在什么地方？”

“不知道，”罗丝回答道，“但我猜，这里是时空之外。你别担心，我们只需要想好该说什么，然后许愿回去就行了。”

“可那该怎么做呢？”温妮莎问道，“灯神在哪里？”

罗丝的脸色瞬间变得惨白。灯神！到处都没有它的踪影……

她闭上双眼思考了一会儿，努力想要说服自己，“一定就在这里。它把你从未来带到这里时，自己也跟着过来了，对不对？”

温妮莎点了点头。

“另外，”罗丝终于渐渐进入了状态，“当时你们分开了，是不是？所以它只是迷路了，仅此而已。”

但温妮莎并不像她那般乐观，“可我们要怎么才能找到它呢？”她绝望地指着周围的无尽虚空。

罗丝耸耸肩，打算继续保持乐观。“如果我们不行动，就永远不会找到。”她说道，“所以先试试再说吧。反正它又不会藏起来。”

然而，就在五分钟后，她心里最后一点儿乐观情绪也彻底消失了：罗丝无法分清方向，而温妮莎也已经晕头转向了。两个小姑娘跌跌撞撞地走着，紧紧抓住彼此的手，焦急地看向远方，想要找到哪怕一丁点儿色彩。

“那儿！”温妮莎突然大叫一声，指着一个方向。

罗丝还来不及阻止，温妮莎就甩开她的手，朝那东西走去。罗丝想追上去，但却不知该如何实现。她感觉自己好像越离越远了……几步之后，温妮莎便彻底消失无踪。罗丝试着呼唤她，可她的声音却似乎沉重得像石头一般，难以传送出去，也无法激起一丝回响。

尽管如此，罗丝还是竭力向前走去。因为她只有两种选择——走或是停，而唯有不断行走，才可能终得所获。然而，她最终还是被迫停下休息。

罗丝冒险坐在了一片虚无之中，她躺了下来，虽然这种感觉算不上舒服，但也不算不舒服，就只是……一种虚无的感觉。她身下触及不到任何平面或固体，但也并没有感觉自己飘浮在空中。只要不往下看，一切就都能忍受。

她也感觉不到饥饿，暗自猜测着这可能与自己许的愿有关。

或许这里真的没有任何东西能伤害她——这里没有饥饿，没有疾病，也没有举着斧头的男人，什么都没有。如此说来，她确实格外安全。但唯一的危险就是，她可能会无聊至死。

“真希望我带了本书来。”她嘲讽道。

轰！

罗丝发现自己手上突然多了一本玛丽安·格莱特利的《小猫花园历险记》。虽然她并不喜欢这类书，但现在这并不重要……

“灯神！灯神，你在哪里？”她大喊道，“我知道你就在附近。”

然而，没有任何回应。她站起身来，停下了一切动作，生怕自己往错误的方向挪动一小步，就永远也找不到灯神了。随后，她叹了口气，因为她知道，现在只有一件事能做了。

“灯神，我希望你跟我一起在这里。”她边说边紧张地摆出祈祷的姿势。

轰！

罗丝长舒了一口气，灯神在她面前现身了，它依旧待在那只已经皱巴巴的纸盒里。

“我猜，这就是你眼中的幽默感吧？”她调侃道。

“这是我眼中的安全。”灯神一本正经地说道，“你知道每时每刻有多少危险潜伏在你们身边吗？”

“很快就会有危险潜伏在你身边了。”罗丝咕哝道，“等会儿，让我仔细想想。我可不想再冒险许……说话了，除非我不得不这么做。”

她重新坐到了一片稍低一点儿的虚无之上，灯神则舒舒服服地待在盒子里，似乎对周围的新环境漠不关心。

罗丝再次尝试努力思考。

照灯神之前所说，它需要吸食一百七十一万八千九百零二具尸体，才能送温妮莎回到她自己的年代。但那数字几乎是罗马总人口的两倍。可以推测，送罗丝穿越时空也需要消耗差不多的能量。可就算有足够的能量，她又该去哪儿呢？

她可以许愿回家——回到21世纪的那个家，回到杰姬身边，回到巴克纳尔楼，回到米奇·史密斯身边，重拾毫无前景的工作。可她怎能做出那种事，而丢下博士不管呢？

但是……如果博士从未到过罗马，他就不会变成石头，而是身在别处。罗丝可以许愿回到塔迪斯……可如果博士不在那里，或那该死的愿望让他们从一开始就没能相遇，那又该怎么办呢？

不过，先等等，这说不过去呀。

如果穿越时空需要耗费将近两百万具尸体的能量，而像灯神所说，变出一袋薯条需要消耗一只眼球，那么，它仅凭一只羔羊和一名雕刻家，又怎能将现实改变成这样呢？

它这可是改变了宇宙的运行轨迹，让博士从未来过罗马啊。

它还使一个女人返老还童；甚至重写历史，让克里斯帕斯替代哈德良当上了皇帝。

而且，它还把罗丝和温妮莎带到了时空之外。

这些可都是了不得的举动。

突然间，她兴奋了起来。

她有了一个想法，一个绝妙的、不可思议的、她迫切希望能够成真的想法。

她终于尝试着开口说话，却因为心急而磕磕巴巴的，于是又强迫自己停下来，做了几个深呼吸。鲁莽的话语会要人命——至少有灯神在场时确实如此。

最后，她总算冷静了下来，对灯神说道："你可以穿越时空，但那只是科技罢了。博士还说过，把人变成石头也只是科技而已。世上并不存在魔法，你也不能改变现实！"她又兴奋了起来，于是再次稍做停顿、平复心情，然后才继续道："我们就先说说博士，好吗？为何你并不认为自己力量不足，无法实现？或那个愿望会导致难以修复的悖论？如果博士真的未曾到过罗马，那他就不会把我带来，我们就不会遇到温妮莎，就更加不会跑到那座废弃的圣殿里。那样一来，你就得不到献祭的鲜血，我也不会在那里许下愿望。你不可能单独把博士抽走，却指望所有事情都保持原样……而我也永远无法跳出那些愿望的假象看清事实。如果愿望成为现实，那么现实也应该适用于我，我就不会记得博士曾经到过罗马，也不会记得克里斯帕斯根本就不是皇帝，而只是个普通人了。”

她又想了一会儿。

“你能了解并控制人们的思维，所以在乌尔苏斯面前才会变成密涅瓦的模样，才会知道我们的名字，知道如何让人误以为你是一位女神，或是一只猴子。”

罗丝目不转睛地盯着那只鸭嘴龙，她能看出它似乎有些紧张。它一直没有说话，罗丝便把这种沉默当作默认了。

“我说对了，是不是？那就是说……博士并不是从未到过罗马，因为那样根本就说不通。你只是歪曲了我的认知，让情况看起来好像他从未到过这里。你让我看不见博士，也让所有人都忘了他。这只是一场天大的骗局，而你一直在瞒天过海！”

她停下来吸了口气。

“我真的——真的不喜欢别人擅自操控我的思维[1]。现在，我不确定自己在哪儿，也不知道温妮莎身在何处，甚至都分不清这到底是幻觉还是现实。但我敢打赌，这些都是假的，我要出去。”

她握紧了拳头，决定把所有筹码都赌在这一把上，她的愿望几乎就像是在祈祷。

“我希望……我和温妮莎回到废弃的圣殿里，但不进行时间

---

1. 在《神秘博士》新版剧集第一季第二集《世界末日》中，罗丝曾从博士口中得知塔迪斯会调整她的思维，使其听懂外星语言，并曾生气地责怪博士没有事先征得她的同意。

线上的移动。还有……让我们能看到真实的一切。”

罗丝闭上双眼，雷声如期而至。她想睁开眼睛，但又不想这么快就失去所有希望。她要在一切都将变好的幻想中再沉浸一会儿。

这时候，她听到了一个声音，是脚步声。坚实的大地！还有气味传来，是树木、石头和动物的气味。

有人叫了一声：“罗丝？”

她睁开双眼，发现自己回到了圣殿。温妮莎在她身旁，灯神也在不远处。

而在她面前的，则是博士已然石化的身体。

她很想哭，事实上，她发现自己脸上已经滑落了欣喜的泪水。她一把抱住了满脸震惊的温妮莎，然后从腰包里拿出了那瓶解药。

此时，罗丝已经拔出了瓶塞，但一个令人不安的念头却突然一闪而过。于是，她又转过去问灯神：“我要怎么确定这不是幻觉？不是你再次入侵了我的思维，让我误以为眼前这一切都是现实，而实际上却不是？”

灯神哼了一声，“亲爱的年轻女士，我向你保证这就是现实。我可从来不说谎。若你不想把余生都浪费在疑神疑鬼、怀疑现实上，我建议你现在就接受事实。”

“你就会这么说，对不对？”罗丝咕哝道。

然而，她还是继续着刚才的动作，举起玻璃瓶，动作缓慢且小心翼翼地将它倾斜过来……

一滴翠绿色的解药滴落在了博士石化的脸颊上。

他的脸上霎时泛起了暖色，渐渐可以看清他那苍白的皮肤、深色的发丝和热烈的褐色眸子。他身上的丘尼卡变回了布料，十个脚趾在凉鞋里扭动起来，两条手臂弯曲着将罗丝揽入怀中，柔软的嘴唇贴在了罗丝的双唇上。这个吻充满了感激与欣喜，当然还有难以名状的生命的喜悦。

“你好呀。”罗丝眼含热泪，微笑着说道。

“你好。”他柔声应道，目光闪烁。

“我猜你一定是真的，”过了一会儿，她才继续道，“我的想象力可没这么好。”

博士对她咧嘴一笑，走到一旁环视着早已恢复平静的圣殿，又看了看灯神和温妮莎。“看来你趁我不在的时候，就把事情都解决啦！”他说道，“真了不起。”

罗丝笑了起来，“恐怕说了你也不会信。不过，我给你留了一些事儿做，免得你感觉被我占了风头。”她掰着手指继续道，“你得送温妮莎回到她自己的年代，让真正的罗马皇帝重回宝座——罗马皇帝确实有宝座吧？还要从世界尽头捞个人回来，再把一名返老还童的老妇人给变回来……同时，还不能为此将两百万人献祭给灯神。”她向博士解释了所有事情的原委。

果然不出所料，博士并没有太担心的样子。“小事儿一桩，你就放心吧。”他说道，“如果需要能量，我们手头就有个巨大的能源——塔……”

“我知道，”罗丝回答道，“但灯神不能撤销之前的愿望，这是它自己说的。”

“荒谬，”博士说道，“它不是撤销了你们刚才所处的虚无之境吗？”

罗丝皱起了眉，“是啊，可是……等等！”她转身望着灯神，“我许愿让博士回来时，你没有帮我实现！”

灯神略显尴尬。“我想请你回忆一下，”它说道，“你应该能记起，自己当时并没有许愿。”

罗丝想了想，“你说得对，我正要许愿撤销愿望，而你却说你不建议我那样做。”

“完全正确，”灯神回答道，“我不建议你那样做。至于你从我简单的话语里生出了哪些推测，那就不在我能控制的范围内了。”

罗丝张大了嘴，“你是说，假设我当时还是许了那个愿，或者希望让博士能回来之类的，那这件事早在好几个小时前就能解决了，是吗？”

小小的龙脑袋上下动了动。

“可是，你为什么要那样？”罗丝质问道。

“我无法拒绝任何许下的愿望，所以得想办法说服你不许那个愿。”

“好吧！”罗丝喊道，“既然如此，那我希望你撤销在那个派对上实现的所有愿望。把消失的人带回来，恢复老人的实际年龄，别再让那个俊美却狂妄自大的小伙子认为自己是皇帝了。”

雷声轰鸣之后，罗丝又想到了灯神刚才说的另一句话。

“你为什么不想让我许愿博士回来？”

这时候，博士接过了话头：“我猜，这位朋友是害怕了。”

“害怕什么？”罗丝问道。

“害怕我。”博士回答。

17

罗丝很是震惊，“它为什么要害怕你？莫非，它觉得你会像解决斯利森[1]那样解决掉它？”

博士点了点头，“可能吧。我猜有那么一瞬间，它确实挤进了我的思维里——就在我意识到它是来自2375年，由萨尔瓦托里·莫雷蒂创造出来的灯神时。”

“就是我父亲创造的。”温妮莎补充道。

博士点头表示同意。“灯神本应是一项造福人类的发明，”博士继续道，“一项伟大的、前所未有的发明。当时的社会物资应有尽有，人们便开始希望自己真能做到心想事成。灯神的发明本就是为了方便大众，让他们不必再去商店购物，只需要告诉灯神自己想要什么。想去度假？那么别再犹豫，只需一眨眼的工夫，你就能到达目的地。嫉妒邻居拥有飞行车？没关系，你马上

1. 博士宇宙中的一个外星人家族，“斯利森”是他们的姓氏，首次出现在《神秘博士》新版剧集第一季第四集《外星人在伦敦》中。当时，博士用导弹轰炸了入侵地球的斯利森。

就能得到。”

他停下来，难过地笑了笑。

“不过，人类总喜欢把事情搞砸，你说是不是？一台灯神原型机就已经让情况失去了控制。人们都希望自己也有一台灯神，然后砰地一下，他们就有了。这些披着鳞片的小东西，就像迅速繁衍的小兔子一般，转眼之间就遍布全球。发明灯神的团队丝毫没有意识到它们的力量有多强大，因为他们忽略了‘人工智能’中的‘智能’二字。也就是说，灯神拥有智能，它们能够自主思考，想办法潜入能源系统，实现越来越大的愿望。另外，发明团队还忽略了人性因素。嫉妒邻居拥有飞行车？那为何不许愿将那辆车变成你的，然后让邻居陷入贫穷，不得不反过来嫉妒你？想去度假？那为何不许愿让太阳永悬天空——你就能快速晒成一身漂亮的小麦色肌肤，又有谁会关心这颗星球渐渐干涸了呢？为何不许愿让你的敌人变弱，让唠叨的妻子失去舌头？人类永远不知道满足，永远怀恨在心，永远视眼前的享受高于未来的需求。”

“可你还是喜欢我们，对不对？”罗丝说道。

“爱你们。”博士对她露出了大大的笑容，“可有些时候，你们真会把事情弄得一团糟。事实上，大部分情况下都这样。”

“那后来呢？”罗丝问道，“人类利用灯神把地球怎么了？”

博士茫然地看着她，“我一点儿也不知道。”

罗丝皱了皱眉，“什么？”

他扬起眉毛问道："抱歉，我们刚才在说什么？"

"博士？"他是在开玩笑吗？"你不会又像上次重生后那样，精神失常了吧？要么，就是你在耍我？或者，是有人许了什么愿吗？"

博士耸了耸肩，"抱歉，我真不知道你在说什么。"

"灯神在毁灭地球！"

博士看着她，又看了看缩在盒子里的灯神，再看了看罗丝，然后又看了看灯神。随后，他敲了敲自己的脑袋，还使劲地甩了甩。

"不好意思，时间领主的职业病。我们刚才说到哪儿了？"他深吸了一口气，"因为灯神——不，不对，是因为那些利用灯神的人，地球处在了毁灭的边缘。世间万物都变得不再稳定，一个愿望就能改变一切。政府立法禁止了许愿，但马上就有人许愿让法令失效。人们重新修复了世界，但没过多久，就有另外的人许愿让它再次毁灭。而为了实现这些愿望，消耗了太多的能量——多得可能都让你无法相信。"

"我信。"罗丝想起了那东西吸食乌尔苏斯身体时的画面。

"灯神内部搭载了安全保障装置。比如，你无法许愿让任何人死亡或不复存在——当然，灯神也包括在内。他们考虑过许愿让灯神从未被发明出来，但这并不可行，因为这样就会形成一个巨大的、足以让现实崩塌的悖论，那就是——该由谁来实现这个愿望呢？”

“我也意识到了！”罗丝急切地说道，“这也是我对我们那台灯神说过的话。”

“哦，你的灯神。”盒子里传出了愤愤不平的咕哝声。不过，罗丝看得出来它正认真听着博士说的每一句话。

“但还是有些办法可以避免悖论。有人想出了一个主意，他们想方设法找到了一台存在时间最久的灯神——来自2375年5月。”

温妮莎张开嘴正准备插话，但却被博士抬手制止了。“我知道，”他说道，“但他们没法儿再找到更早的了。同时，他们也知道那东西需要吸收极为庞大的能量，才能完成人们即将赋予它的使命。于是，他们就让它去吸收太阳的能量了。”

“他们什么？”罗丝惊讶地问道。

但博士并没有停下来解释，而是继续道：“然后，他们就许了愿……许愿回到创造出这台灯神的日子，也就是2375年5月。由于有了庞大的能源保障，那台灯神便实现了他们的愿望。”

“所以，后来才出现的灯神就全都不复存在了，只剩下实现愿望的那台？”罗丝问道。

博士点了点头，“没错，但那依旧是欺骗现实，因为并不存在任何不制造悖论、就能改变事物本质的办法。可尽管如此，那个办法还是优于其他方案。然而，有一件事他们早就知道，甚至将其列入了计划之中——就算是灯神也难以承受太阳的力量。在强迫那可怜的小家伙屠杀自己的种族后，他们又强迫它自杀了。那台灯神的每一颗原子都被焚烧殆尽，而因此引起的大火则彻底烧毁了泰贡研究室。发明灯神的地方以及每一项研究结果，全都烧成了灰烬。”

此时，盒子里传来了一阵呜咽。

“温妮莎，你离开家的那天是几号？”博士问道。

“2375年4月17日。”她说道。

“这就是为什么你的灯神还存在，”他对她说道，“因为，它才是第一台。”

“可如果它带我回了家……”她已经意识到了。

博士耸了耸肩，“那么，地球就会毁灭。”

罗丝花了好一会儿才把博士的话想明白。她努力想要理清思路，可中间实在有太多的曲折。

“所以，这是仅剩的一台灯神了，”她说道，“因为他们回到了将它制造出来后的某个时间。他们必须那样做，因为需要后来才出现的那台灯神来实现愿望。可是等等……如果他们许愿回到起点，那后来那些破坏地球的事情也就不会发生了。那就说明，就算他们再度拥有灯神，也不一定会把地球给毁灭掉。”

“但千万别忘了人性的因素。”这句话令罗丝难以反驳，

“我知道如果让灯神回去会发生什么，而那些都没有发生，所以我不能让它回去。这一次，时间必须维持在正确的轨迹上。”

“可是……如果那些都没有发生，”她依旧忙着理解自己接收到的信息，“如果灯神从未遍及地球，而地球从未因人们的愿望而濒临毁灭，那你又是怎么知道这些的？”

他咧嘴一笑，“这是时间领主的超能力。”

“真的吗？”

“差不多吧。请容我使用一个最令人印象深刻、甚至会让有些人觉得是在卖弄的说法——时间是我的主场。我能看到曾经发生过的事情，即便它们后来从未发生过。当然，前提是我的精力得足够集中。新现实，也就是真正的现实一直都在不断强调自身的权威，在我面前也不例外。然而，其他的时间线还是会留下残响和余波，只要足够专注就能发现。举个很有意思的例子：你猜未来的灯神是从何得名的？”

“发明它的人特别喜欢看明星身穿灯笼裤主演的童话剧？”

“差不多吧，反正是跟《一千零一夜》的神奇故事有关。当时，阿拉伯的复古元素再度兴起，所有人家里都购置了波斯地毯，大街上还流行起了包头巾，对不对，温妮莎？”

温妮莎点了点头，“不过，我从来都不怎么追逐潮流。”她说道。

“你觉得是什么激发了《一千零一夜》里的灯神创意，后来又成了24世纪灯神名称的由来？”

罗丝恍然大悟，“是把主人带回了《一千零一夜》年代的那些24世纪灯神！”

博士点了点她的鼻尖，“给这位女士来点儿奖励。”

温妮莎皱起了眉，“可这些都没有发生，所以灯神从未回到过去……去变成童话故事里的灯神。”

“是的，”博士说道，“但那可是神奇的东方，充满了能够感知万物的神秘术士和智者。还记得我刚才说的残响和余波吗？没人记得灯神曾经存在，因为它们已经不存在了。可它们还是会留下痕迹。”

“老天，”罗丝惊叹道，“那么，所有这些故事都是消失的时间线留下的痕迹吗？”

“哦，那当然了。”博士告诉她，“精灵、小妖和地精，包括姆明、乔尔顿与惠勒人[1]，以及海绵宝宝，它们都曾试图侵略你们。《机械战警》[2]上映时，还引起了银河系范围内的大调查。至于那五位所谓的未来审判官，他们竟把自己伪装成了四个孩子跟一条狗[3]（个人觉得，那条狗真是败笔），试图彻底抹除绑架和走私的罪行——不过，我想他们至今还被困在某段时间

1. 均为儿童动画片里的精灵鬼怪等角色。
2. 美国科幻电影，讲述了一名生化机器人警察的故事。
3. 美国动画片《史酷比》中专门调查灵异事件的几个角色。

循环里，只能靠姜汁啤酒和腌肉三明治过活。还有那位马普尔小姐[1]，其实应该叫她火星人小姐。她用真理射线到处逼人招供，直到时间警察追踪到她，最终把她连同圣玛丽米德一块儿从现实中抹掉了。可惜了那里商业街的一家精致小巧的咖啡店，他们做的蛋挞可好吃了。”

“那都是真的吗？”温妮莎惊叹道。

“不一定，”罗丝说道，“你不必完全当真，他就是情绪上来了，之前还假装自己是大侦探波洛呢。”

博士对她皱了皱鼻子。

“不过话说回来，”她继续道，“我们现在该做些什么呢？”

大家都沉默了一会儿，随后温妮莎说道：“我不能回家。”

“为什么？”罗丝问道。

“你听到博士说的了！我回去会导致地球毁灭！”

“不是你，”博士说道，“不能回去的是灯神。”

“你是说，我能……”她说到一半时停了下来，盯着皱巴巴的纸盒里那只披着鳞片的小家伙，“可我该怎么回去？另外，灯神也不能留在这里呀。你瞧瞧它已经闹出了多少麻烦。”

灯神一下就没了之前的傲慢。“求求你们，”它难过地哀求道，“求求你们再许一个愿望。如果我再也起不到作用了，那就

---

1. 阿加莎·克里斯蒂小说中的一名侦探，来自虚构的圣玛丽米德村。

请你们许愿把我从现实中抹除吧……”

“可我们不能那样做，”罗丝告诉它，“博士说他们给你搭载了安全保障装置。”

“就算能做到，我们也不会这么做的，”博士轻快地说道，“谁说起不到作用？你能实现人们最大的渴望！我们只需要找到合适的人，保证他们的愿望不那么……具有破坏性。”

“但要怎么找呢？”温妮莎又说道。

罗丝已经明白了博士的想法，“就用我们送你回家的办法，”她说道，“用我们那台超级便利的时光机。”

“说到时光机……”博士抬头看了看太阳的位置，“今天是什么日子？”

“呃……周五？”罗丝不太确定地说道。

“我是说日期。我变成石头多久了？”

罗丝想了想，“今天是乌尔苏斯把我那什么了的第二天。”

“那就是十九日——五日节。那就意味着，现在这个时候，我差不多已经到罗马了。”他皱了皱眉，“我们得小心，让我碰见自己可就会酿成灾难。”

“灾难？”罗丝调侃道，“那跟平时可就太不一样了。所以，我们要回罗马啦？塔迪斯在那儿吗？”

“不，呃，是的。在也不在。为了防止破坏时间线，我可以告诉你，我们的塔迪斯就停在格拉西里斯的庄园外面。不过，我们必须在……唔……八个小时内赶到罗马。”

“为什么？”

博士并没有直接回答。“你手上还有那瓶解药吗？”他问道。

“有啊。”罗丝拿出了小玻璃瓶，里面的药水只用了一小点儿，“可我们不需要这个了，对不对？所有人都恢复了原状，乌尔苏斯也死了。”

“所有人都恢复了原状？真的？奥泰托斯还有其他受害者呢？”

“可你说把他们都复原了啊。”

博士把脸凑过去强调道：“我还没‘复原’他们呢。事实上，我还没得到那瓶奇迹解药。”他指着小玻璃瓶说道，“我大约会在八小时后得到一瓶几乎装满了的药水。”

这一回，罗丝明白了，“哦，好吧。那从这儿到罗马需要多久？”

“差不多二十个小时。

“而且，如果我们不在八小时内到达，就会造成因果崩塌之类的后果。”

“可是，”温妮莎说道，“你们刚才不是说，庄园外面停着一台时光机吗？”

“哦，是的，”罗丝答道，“我们确实说过。”

塔迪斯在福耳图娜圣殿的凹室里现了形。“到啦，”博士说道，“公元120年3月19日，下午6时许。”

罗丝皱起了眉，“你马上就要出现了！可你刚才不是说，见到自己会酿成灾难吗？”

“哦，可要是我没能及时提供解药，那我们要担心的就不止毁灭星球的爆炸了，因为整个宇宙都将会撕裂。”博士对她说道，“所以，为了避免这两种可能性，我准备老老实实待在这里；而你则要出去假装自己是福耳图娜。”他咧嘴一笑，“我还以为自己是受了这位假装成密涅瓦的小朋友启发，但现在才发现，竟是我自己给了自己灵感。这下可好，事情变得实在太复杂，我都担心不过来了。”

罗丝看了一眼监控屏幕，“为什么有些小雕像蒙着眼睛？难道她的崇拜者都丑不忍睹？”

“命运是盲目的。她从不挑选青睐的对象，只会随机给予，就像抛捧花的新娘子。”博士表情痛苦地说道，“有一回，我接住了捧花，结果差点儿跟一头大象结了婚。”

“你是想说，那位女士长得不好看吗？”罗丝问道。

“不，那真是一头大象，格力博皇帝最喜爱的宠物。你能想象当他们说‘你可以亲吻新娘’时，是怎样的景象吗？想想那排象牙！”

“那后来呢？”

“好在我的未婚妻吃掉了那束捧花，使得契约失效，而我当然就溜之大吉了。好了，现在该干正事儿了吧？”

然而，罗丝早已笑得直不起腰来，“她……她……”

“什么？哈哈，博士差点儿跟一头大象结婚了……难道你就从来没有差点儿跟错误的对象结婚吗？还是赶紧干正事儿，好吗？”

“她……她……”

“罗丝！”

然而，罗丝已经笑得不能自已，“她是不是已经背着行李准备好度蜜月了？”她说完后又笑翻了。

博士双臂交叉，站得笔直，冷冷地看着她，但这让罗丝笑得更厉害了。

“笑够没有？”

她点了点头，但仍在痴痴窃笑。

“那我们能去阻止时空撕裂了吗？你确定已经笑够了？那就赶紧行动吧。”

罗丝努力让自己恢复平静，抬起双手做了个“接下来怎么办？”的手势。

“听好了，你藏在雕像后面，假装自己是福耳图娜。不要，再强调一遍，不要让我看见你。你要一直藏在后面，直到格拉西里斯捡起瓶子离开后再出来。哦，带上这个，它能掩饰你的声音。明白了吗？”他递给罗丝一台小小的金属装置，然后就把她往门口推，“快去，快去！”

“等等，”罗丝使劲稳住脚跟，“我不能先彩排一下吗？”

博士看了一眼监控屏幕，“没时间了！我随时都会进来！哦，对了，罗丝……”

她又转过头去，“怎么了？”

“没错，她确实已经背着行李，还跟马戏团道了别。”他咧嘴大笑道，随后便把她推出了门。

罗丝跌跌撞撞地走进了圣殿，紧接着，塔迪斯的门在身后猛地关上了，很快便消失在了黑暗中。她径直走向博士说的那座雕像。雕像背后有点儿拥挤，她真心希望那片阴影能给自己提供一点儿掩护，因为她感觉，似乎总有什么地方露在了外面。

她刚安顿好，把博士给的金属盒子放到嘴边，就听见圣殿的门开了。透过福耳图娜双腿间的空隙，她看到了来人正是博士。见到雕像后，博士快步上前，而罗丝则慌忙缩了回去……随后，他意识到雕像并不是她。

罗丝吓了一跳。她并不知道——她怎么可能知道？原来，自己的消失对他造成了如此大的影响。眼前的博士目光里充满了绝望，让罗丝心疼得胸口一紧。她真想跳出去告诉他，一切都会好起来的。

不过，那应该不是什么好主意，可能会导致时空撕裂。

“罗丝比你好看多了。”博士突然说道。

“谢谢！”她来不及细想就脱口而出。

罗丝慌忙咬住了舌头。快，在他起疑之前，还是赶紧把戏做足，按计划进行下去。

她竭尽全力弯下腰，小心翼翼地将玻璃瓶送往博士的方向，也送给了过去的自己。

尽管她手上的金属盒子能变音，但罗丝还是尽力发出了她最像“女神”的声音：“它能让罗丝……和其他人恢复原状。你们要歌颂我……”她又慌忙澄清道，“我就是福耳图娜……”

博士握着玻璃瓶走了过来。

罗丝绷紧了身体，突然害怕博士真的会发现她——然而，正如博士所说，格拉西里斯打断了他。

就算她知道结局是好的，可依然不忍心看到别人抓走博士。尽管如此，她还是强迫自己盯紧他掉落玻璃瓶的时机，因为那很重要。现在，她得等待格拉西里斯把瓶子捡起来……

只见格拉西里斯焦急地搓着手，“我该怎么办？我该怎么办？”她听见他自言自语道，“我得找人帮忙。”

老人往圣殿门口走去，关键时刻到了……

格拉西里斯从药瓶旁边经过，罗丝一直等着他发现小玻璃瓶并停下脚步——可是，他并没有。

他打开门，走了出去……

罗丝感到胃里一阵翻腾，她不知道那是出于恐惧，还是因为历史即将改变，而她也将随之抹去。如果格拉西里斯没有发现药瓶……

紧接着，她有了主意。这可能不太明智，但她没时间细想了。罗丝张开嘴，满心希望灯神能听到："我希望格拉西里斯能回来找到那个药瓶。"

一阵轰鸣过后，格拉西里斯又从门外走了进来。他皱着眉直摇头，就像是在整理混乱的思绪似的。随后，他看向了地面。啊哈！老人捡起救命的解药，把它放进了腰包里。

罗丝终于长舒了一口气。

18

“这就是此次历险的终点了，”塔迪斯再次启动后，罗丝看着博士说道，“该发生的事情总会发生。过去的那个你会得到解药，让所有人都恢复过来，然后再把空瓶给我，装满药水后又再给你，一切都会顺利展开。”

“谢天谢地！”温妮莎说道。

她已经帮助博士确定好了送自己返回的具体时间和地点。此时，她转过去看着罗丝，仿佛已经迎来了告别的时刻。

“谢谢你为我做的一切。”

“没什么，”罗丝说道，“将来对自己许的愿多加小心，好吗？”

温妮莎笑了起来。

随后，塔迪斯终于着陆，罗丝打开门，温妮莎快步走了出去，她一心想要回家。博士和罗丝则慢慢跟在她后面。

他们降落在一间小书房里，塔迪斯底下正垫着一块漂亮的波斯地毯，书房墙上则挂着丝绸帷幔，屏幕上还在播放纪录片，旁白说道："这是罗马的黄金年代……"

"电力恢复了。"博士说道。

他又望向另一侧，书桌上有一层薄薄的灰，可以看出有块模糊的方形痕迹——那是纸盒留下的痕迹。

"父亲不喜欢保洁机器人来打扰他。"温妮莎略显尴尬地解释道。

"我能理解。"博士说道，"既然提到了你父亲……虽然他的研究成果将同实验室一起葬身火海，但他还有睿智的大脑。所以无论如何，你都得阻止他创造新的灯神。这可关系到世界的命运，温妮莎。世，界，的，命，运。"他一字一顿地说道，然后挥了挥手。

"呃……好吧，"罗丝不知该如何接过博士的话头，于是简单说道，"照顾好自己，好吗？"

随后，他们回到了塔迪斯，离开了那个忧心忡忡的小女孩。

关上门后，他们再度起航。

"现在的问题是，"博士说道，"我们该拿你怎么办。"他看着灯神说道，"你有点儿危险，知道吗？恕我直言，就算所有扭曲都已经得到修正，你依旧是个危险的小东西。"

小家伙看起来很是忧愁，罗丝突然心中一软。没错，它确实引发了许多麻烦，比如将活人变成石头之类的。可那并不是灯神的错，博士早就说过，错在那些利用它的人。

“我有个主意。”她说道。

“我张大耳朵听着呢。”博士回应道。

罗丝戳了他一下，调侃道：“已经不如从前了[1]！”

“泰勒小姐，你到底有什么主意？”博士开玩笑地皱起了眉头。

“是这样的，我刚才在想你很久以前说过的话。”她告诉他。

“既然是我说的，肯定很有道理。我说了什么？”

“与奴隶有关，”她继续道，“你说他们可以赎回自由，或是得到自由。而灯神——故事里不是有时管他叫‘灯的奴仆’吗？我对阿拉丁的故事很熟悉，好吧，至少我看过迪士尼的电影。顺带提一句，电影真的非常棒。罗宾·威廉姆斯[2]真是太有意思了，还有……呃，好吧，”见博士瞪了她一眼，罗丝迅速回到了正题，“我想说的是——灯神不能为自己许愿，但我可以替它完成，就像我让它变成一只猴子那样。阿拉丁最后的愿望就是解放灯神，让它不再需要为任何人实现愿望，不再是神灯的奴仆。我也能这么做。”

灯神一脸惊愕，“可我的功能就是实现愿望呀！我只会做这么一件事！”

---

1. 重生后的第十任博士已不再拥有像第九任博士那样标志性的大耳朵，故有此说。
2. 美国喜剧电影导演、演员，曾为1992年迪士尼电影《阿拉丁》中的灯神配音。

罗丝摇了摇头，“你没明白我的意思吗？只要你愿意，就能继续实现愿望。但今后这将是你自己的选择。你无须被迫做任何毁灭人类或伤害别人的事了。”

“我的……选择？”灯神说道。

“对！”

“那就是……自由？”

“那就是自由。”

“那么，或许……我想要这个，”灯神说道，“我想要自由。”

罗丝深吸了一口气，“那我就许愿了。”她瞥见点头表示赞许的博士，于是继续道：“我希望……灯神获得自由，除非它自愿，否则无须实现任何愿望。我希望它不再是奴仆。”

紧接着，控制台射出一道光击中了灯神，披着鳞片的小家伙像吸溜面条一样将其吸了进去，随后便是一阵喜庆悦耳的轰鸣声。“有变化了吗？”罗丝问道。

“不如你试试看？”博士提议道。

“我希望……”罗丝想了想，“我希望……博士的鼻子变成绿色。”

“嗨！”他连忙喊了一声。

罗丝一脸惊恐地瞪大了眼睛，“哦，不！看来灯神并没有得到自由……”

博士一路狂奔着去找镜子了，而罗丝则笑得瘫软在地。“自由的感觉如何？”她问灯神。

小家伙挺直了并不高大的身子，似乎多了几分前所未有的威严之感。“自由确实……很不错。”它说道。

罗丝在它身边蹲了下来，“只要你愿意，就再也不用帮别人实现愿望了。但如果你有什么自己想要的——我可以帮你许愿。”

灯神伸出了一只布满鳞片的小爪子。“我希望，”它说道，“去一个……美好的地方。一个没有人垂涎我力量的地方，一个简单的、但能让我……快乐的地方。”一滴泪珠从它眼中滑下，滴落在了鸭嘴似的喙上。

“那我希望你的愿望能实现。”罗丝说道。

轰!

灯神消失了。

罗丝仿佛听到空气中回荡着一声：“谢谢。”

“这一回，”罗丝说道，“真是此次历险的终点了。我们再也不需要回到罗……” 突然间，罗丝倒抽了一口气，慌忙扑向控制台胡乱按起了按钮，“我们得回去！我们得回去撤销后来发生的一切！”

博士瞪大了眼睛，“真的？”

“对！”她盯着博士，希望他能尽快意识到事情的重要性，“你没发现吗？乌尔苏斯没有制作那座雕像，博物馆里的那座雕像！我们得回去，想办法让他做出来，否则等我们回到21世纪，现实就会崩塌了！”

“我们可不希望看到那种事发生。”博士大笑着走上前去，轻轻拿开了她放在控制台上的双手。

“别一副高人一等的模样！”她生气地说道，“随便你怎么笑，我正努力拯救世界呢！”

他收起了笑声，却控制不住扬起的嘴角，“我没笑话你，”他说道，“事实上，我们确实需要回罗马一趟，但不是因为那件事。跟我来。”

他拉着罗丝的手走出主控室，来到一个小房间。里面堆满了各种雕刻工具，中间矗立的正是她的雕像——大英博物馆里的那座雕像，一座洁白崭新的福耳图娜。

罗丝不禁惊叹了一声：“可我从没给它当过模特啊！”

“不需要。”博士说着，拍了拍它的手臂——仍然完整的手臂。

“这是什么意思？”

“意思是，”他解释道，“你不需要给它当模特。正如米奇所说——”博士微笑起来，“打造这座雕像的人特别了解你。”

他捋了捋头发，仿佛是在等待喝彩。

罗丝绕着雕像转了一圈，“我的屁股真有这么……”

“没错，”博士不耐烦地打断了她，“这座雕像精确还原了每个细节，臀部、手臂、双腿、鼻子，还有你右手断掉的指甲。”

罗丝连忙低头看了一眼，“嗨，连我都没发现自己指甲断了！然后呢？”

“什么然后？”

“它是从哪儿来的？”

他夸张地叹了口气，“我做的。”

罗丝大笑起来，“不，说真的。”

“嗯，真的。”

“什么，你是认真的？可是，你是怎么做的？我不知道你会雕刻，你也说过不会雕刻。你说自己不是专业的雕刻家，我听到了。”

“我去学了。”博士说道。

她满脸困惑，“什么时候？”

“这是一台时光机，”他把一切都告诉了她。由于遍寻不见她的踪影，他就回到了大英博物馆，然后终于意识到了真相。“耳环是第一条线索，”他说道，“后来，我和米奇把雕像翻了过来，还发现那下面有我的签名——”

“你说的下面最好别是我的屁股。”罗丝说道。

“是雕像的底座，”博士继续道，“那也算是一条线索。”

“你是说，此前从没有人发现过这雕像的底座上写着‘博士’？”罗丝问道，“否则，他们难道不会觉得奇怪吗？”

“啊，”博士解释道，“是用迦里弗莱星[1]的文字写的，他们认不出那是什么。总之，我知道得找到真正的你，再弄一座雕像来替代你。我确实想过把博物馆那座雕像偷走带到罗马去，但是……那样一来，雕像就有四千岁了，那不仅会让人们困惑，还会引发各种悖论。而我觉得手头的悖论已经足够多了，完全没必要再制造更多问题。于是呢，我就稍微调了一下坐标，回到文艺复兴时期去学雕刻啦。”他边说边掏出罗丝的手机，“米奇给我发了照片，保证我不会弄错任何细节，米开朗琪罗则帮我解决了最棘手的部分，比如你的耳朵。那两只耳朵可真是太难处理了。后来，等一切准备就绪，我就回到了我离开之前的罗马，躲在格拉西里斯的庄园外面，等待乌尔苏斯把……把你带出来，最后成功实施救援，让世界回到正轨。”

罗丝愣了好一会儿，“你跑去跟米开朗琪罗斯混了好几个月，把我扔在那里给狗当撒尿的木桩？”

“你就石化了几个小时！”博士愤愤不平地说道，“而且，这一开始可是你的主意。基本上差不多吧。而且，你根本想不到米开朗琪罗有多会使唤人，任何细节都必须完美无瑕！”

罗丝又盯着雕像看了好一会儿。“它确实太完美了。”她最后说道。

1. 博士的母星。

“多亏有位女神给了我灵感。”

他们彼此微笑着，庆幸世界再次回到正轨。

“不管怎么说，”博士继续道，“我觉得你确实给我带来了好运。你就是我的幸运女神。”

“你就是想说，我是个吉祥物，”罗丝调侃道，“就像四叶草，或是面试时穿的幸运裤。”

“完全正确，”博士告诉她，“你就是我的幸运裤。”随后，他又一本正经地说道：“你在圣殿里假装福耳图娜时，我就意识到了，把你塑造成幸运女神一点儿没错。”

罗丝皱起了眉，“可你之所以会走进那座圣殿，是因为已经看过我的福耳图娜雕像了。”

“正因为我知道你是一位多么棒的幸运女神，才会有博物馆里的那座福耳图娜雕像。”

“这又是一个悖论？”

博士咧嘴笑了起来，“一个最最微小的悖论，其实，跟循环逻辑更类似。比如，从没有人研究出那个复杂的配方，好让石化的人都变回来。”

“他们还真没有！”罗丝恍然大悟，接着又有了别的想法，“你说过有些福耳图娜的雕像会蒙起双眼，是为了随机挑选青睐的人。”

他点了点头。

“所以有时候，她会抛弃一些信仰她的人；所以有时候，幸运……会离开。”

“而幸运裤只是一条普通的裤子，四叶草也只是一种草；踩到狗屎不一定就代表好运，而是你应该去清洗鞋子了。但即便如此，生活还是会继续下去。”

罗丝帮博士把雕像抬到了主控室，在时间转子[1]的映照下，雕像宛如碧绿的翡翠。

“它放在这儿挺顺眼的，你不觉得吗？跟内饰相映成趣。”

“我觉得一台塔迪斯里有一个罗丝就足够了，”博士说着，走到了控制台边，“有时候一个都嫌多。”

她撅起了嘴。

“反正你也知道它不能待在这里，我们得给它找个新家。”

塔迪斯着陆了，罗丝紧张地走了出去。不过，她很快就认出了这个地方，“我们回到庄园了！”她对已经走到身边的博士说。

“对，”他回答道，“我觉得你会想要一个罗马假日[2]。”

1. 塔迪斯控制台中心柱里的构件。当塔迪斯启动时，它会在中心柱的透明管道内上下移动。

2. 致敬美国经典电影《罗马假日》，该片讲述了一位欧洲公主与一名美国记者在意大利罗马一天之内发生的浪漫故事。在《神秘博士》老版剧集第二季第四集《罗马假日》中，博士曾到公元64年的古罗马度假。

她瞪了博士一眼。

“还是算了。快来，我们还有活儿要干呢。”

一名奴隶看见他们，赶忙跑进庄园报信。片刻之后，格拉西里斯和玛西亚都跑了出来，身后还跟着一个罗丝不曾见过的男孩——当然，她从没见过这个状态下的他，但她知道他是谁。

“你一定是奥泰托斯吧。”罗丝笑着对他说道。

他羞涩地点了点头，“那你一定就是罗丝了。谢谢你为我做的一切。”

她努力做出谦逊的样子，“哦，那真不算什么。”

玛西亚一把抱住了她，“哪里不算什么！你与博士的恩情，我们永远无法回报！哦，我实在太担心你们了，你们失踪了有……有……”

“别担心那个了。”罗丝意识到她们上回在灯神影响下的碰面应该会（至少她希望会）有点儿模糊。

然而，玛西亚依旧皱着眉，“你跟那个奴隶温妮莎……”

“啊！”博士一把搂住了格拉西里斯的肩膀，“关于那个小女孩儿，我有几句话要跟你讲。”

“是吗？”格拉西里斯问道。

“是的，是的。是这样的，我知道她属于你……”

罗丝哼了一声，博士也瞪了她一眼。

“我知道她属于你，只是她不会回来了。”

格拉西里斯正要张嘴说话，却被博士打断了。

“我知道，你为她花了不少钱。但要这样想，你买下她是为了找回儿子，而现在你儿子已经回来啦。再说，你刚收下了一批奴隶，也不差她一个。另外……我还想给你一样东西，用来交换她的自由。不知你能否找几个人来帮忙搬一下……”

几名奴隶帮博士把福耳图娜的雕像搬出了塔迪斯，运到了格拉西里斯的庄园。

“我想你有空位可以放下它，”博士说道，“毕竟你正好少了一座雕像……”

于是，罗丝的石像就放到了庄园门口的小树林里。

“小心！”格拉西里斯慌忙喊道。原来，奴隶们在扛着雕像拐过一道大弯时，雕像狠狠地撞在了墙壁上。

“不会有问题吧？”罗丝问道。

“哦，当然不会，”博士回答道，“可能会有一小条裂缝，正好在手腕的位置。”说完，他不禁笑了起来。

博士和罗丝坐在小树林里，阳光照射在池水中，粼粼波光折射到雪白的大理石雕像上。博士轻轻抚摸着一只孔雀，它像猫咪似的叫了一声，博士也对它哼了一下。

两人单独坐了一会儿，随后格拉西里斯又走了过来。他请他们原谅自己的叨扰，并表示还想请教一个问题。

“那个小女孩儿温妮莎，”他说道，“她真的是个占星家，对不对？”

罗丝不确定该如何作答，但博士却点了点头，“可以这么说。”

格拉西里斯安静地思考了一会儿，然后继续道：“我想她是诸神派来帮助我们的。你们两位也是。”

罗丝笑了起来，“不，说真的，我们真不是。”

“既然如此，”格拉西里斯看了一眼雕像，“那你们一定就是诸神本尊了。”

“不，我们可不是！”罗丝正要说下去，但格拉西里斯已经站起来渐渐走开了。

“我会用一生来赞美你们。”他说道。

“格拉西里斯！”罗丝突然冒出了一个想法。

他停下来，转过身去，“怎么了，尊贵的女士？”

“就……别用活物献祭，好吗？”

格拉西里斯微笑着鞠了一躬。

罗丝同博士站起身来，看了自己的雕塑最后一眼。她已经准备好回到塔迪斯，开启一段新的历险。

将近一千九百年后，杰姬·泰勒的碗柜门上，用透明胶带贴着一张不太清晰的雕像照片。他们没有销售印有雕像的明信片，这确实十分可惜。不过，米奇用手机照了一张，还打印出来送给了她，那总比什么都没有要好。这可是她的女儿，她美丽的女儿罗丝。杰姬哼着歌儿打开碗柜，拿出了一人份的微波炉加热食物。

大英博物馆内，米奇·史密斯正站在雕像展馆里。“这是女神福耳图娜。”他告诉自己带领的那群孩子，“她会给人带来好运，也会收回好运。不管她做什么，你都得容忍，因为一旦她决定青睐于你，那一切就都值得了。”

那群孩子原本都在躁动不安地打来打去，怂恿别人到纪念品店偷东西，但米奇说话的语气暂时吸引了他们。

“她真漂亮。”一个孩子说道。

“哈！她是你女朋友吧！”另一个孩子回嘴道，“看得出你爱她！”

米奇笑着把不停打闹的孩子们领到了下一个展馆。

将近三百七十年后，温妮莎·莫雷蒂又在家里度过了孤独的一天，因为她父亲去监督新研究室的兴建了。她恋恋不舍地回想起了待在罗马的那些日子。她从前为何那般厌恶在那里的生活呢？任何地方都会比这里要好吧。不过，那段经历已经变得像一场梦一样，她记得博士对她讲过一个很长的故事，跟她的父亲有关。不过，她回到家后，就似乎想不起那是个怎样的故事了。她真希望能再次见到博士和罗丝，希望能好好问问他们。

只可惜，她已经不再有灯神了，所以愿望也不会轻易实现。

她真希望自己能再次拥有灯神。

或许，她父亲能再做一个出来。

在一个无人知晓的时间和地点，一只身披鳞片、爪似飞龙、嘴如鸭子的小东西正欣赏着周围的景色。碧草蓝天，阳光灿烂，一只酷似大型豚鼠的生物晃悠到了那只新来的小东西面前，好奇地打量着它。

灯神看了看豚鼠。“啊，毛茸茸的朋友，”它说道，“如果你可以许个愿，你希望得到什么？”

豚鼠尖叫了几下。一声雷响过后，它眼前凭空现出了一根类似胡萝卜的橙色蔬菜。于是，豚鼠又尖叫了几声。“不用谢。”灯神虽然长着硬喙，但却似乎露出了微笑，“我想，在这里我会很快乐的。”

致　谢

我要感谢许多人：

感谢海伦·雷诺，剧本编辑女王，她给了我许多帮助和建议；感谢拉塞尔·T.戴维斯，没有他的话……

感谢贾斯廷一直以来的陪伴，他真是位杰出的编辑；还有史蒂夫，要是没有他，写这些书就会少了许多乐趣；

感谢莱斯利热情的帮助及宝贵的见解；

感谢菲尔·科尔，他曾经与我共事，是诺丁汉大学的古典学者，给我提供了许多历史学方面的支持；

感谢戴维·贝利和马克·莱特，他们特别热心，交谈起来也十分令人愉快；

当然，还要感谢我的父母，还有海伦、简、克里斯和玛丽，以及我的好丈夫尼克，谢谢他们的爱与支持。

杰奎琳·雷纳曾经许愿，

希望能把自己的古代历史学专业背景

以及对《神秘博士》的热爱，

与作家这个职业结合起来，

于是便有了此书。